FLÁVIO KARRAS
PHO-
DAH-C

Copyright © Flávio Karras, 2025

Título: Pho-dah-c
Todos os direitos reservados à AVEC Editora

Nenhuma parte desta publicação poderá ser reproduzida, seja por meios mecânicos, eletrônicos ou em cópia reprográfica, sem a autorização prévia da editora.

Publisher: Artur Vecchi
Edição: Claudia Lemes
Revisão: Úrsula Antunes
Projeto Gráfico: Pedro Cruvinel (Estúdio O11ZE)

2ª edição, 2025
Impresso no Brasil/ Printed in Brazil

K 18p

Karras, Flávio
    Pho-dah-c / Flávio Karras. – Porto Alegre : Avec, 2025.

    ISBN 978-85-5447-286-3

    1. Ficção brasileira   I. Título

                                                      CDD 869.93

Índice para catálogo sistemático:
1.Ficção : Literatura brasileira 869.93

 Caixa Postal 6325
CEP 90035-970
Porto Alegre – RS
contato@aveceditora.com.br
www.aveceditora.com.br
 aveceditora

FLÁVIO KARRAS

PHODAHC

AVEC
ROCKET

Este livro não é, nem pretende ser, o que a grande mídia convencionou chamar diversão inocente, moralizante ou "imoralizante". Deve ser evitado por todos os que acham intolerável a existência das obras provocativas.

Trata-se de uma obra fictícia. Ela pode conter representações de pessoas, locais, empresas, grupos, eventos, entre outros, que sejam similares aos do mundo real. Não há qualquer tipo de afiliação ou associação entre eles e este livro, e tais representações não são factuais. O escritor, a editora e todos os profissionais envolvidos na publicação não apoiam, aceitam ou incentivam qualquer conteúdo.

Nenhum animal foi ferido durante a escrita.

Não compre, adote.

PHO

DAH

C

Não me olhe com essa cara abobada.

Não.

Não tente tocar em mim.

Vou repetir.

Preste atenção.

Você vai entender.

Tem que entender.

Estou me

esforçando.

Cale

a

bocah.

FRANCISCO

Resmunguei sobre a minha vida de bancário ao som de Kenny G. eclodindo de uma caixinha suspensa no canto da padaria quase deserta, perto do painel de vidro suado com frios fatiados, em mais uma quente noite de domingo em Araraquara.

Sorri diante do aroma de pão saindo do forno e do perfume vindo do sujeito do outro lado da mesa, um moço que acabara de conhecer pessoalmente. Era o irmão de minha ex-namorada controladora. Ela omitira detalhes sobre ele, limitando-se a recomendar distância, mas graças a uma obra sacana do destino, um aplicativo de sexo casual o apresentou em meio ao cardápio de fodas circunscrito à cidade.

Quieto de narinas pulsantes, o ex-cunhado e futuro ficante não interrompeu minha tagarelice desde a porta de vidro da entrada. Sequer ouvi sua voz, nem nos cumprimentos iniciais.

Após despejar o lado negativo, apresentei o lado bom da rotina. Nem tudo era estresse, devia ser honesto. Havia momentos de alegria e descontração como ouvir a cabeça de algum cliente contra o vidro blindado das portas giratórias. Um som abafado, gordo e longo, costumeiramente seguido de algum palavrão ou gemido. Se o cliente cuspia sangue ou perdia um dente, como prêmio pelo entretenimento fornecido, ganhava um cafezinho morno ou um copo de água do filtro sujo, além de falsas desculpas pelo ocorrido. Alegria singela capaz de fazer o expediente voar.

Minha companhia achou graça.

Um pedaço de torta holandesa foi entregue por um garçom em debandada para atender uma mulher que acabava de entrar com o filho, um menininho lá pelos seus três anos de pura energia com saltinhos sem ritmo.

Eu poderia estar em casa assistindo a vídeos de acidentes ou de amalucadas teorias da conspiração no Youtube para replicá-las no grupo de família e do trabalho, mas fui retirado do ninho para sobrevoar um sujeito ordinariamente comum. Normal e sincero por sequer tentar ludibriar com filtros ou manipulações dos aplicativos. Repulsivamente honesto, direto, ainda assim, interessante. Podia ver um pedaço da barriga na lateral esquerda sendo expulsa pela camisa polo pequena demais, os tríceps balançavam como bifes brancos enraizados por fissuras rubras, possuía um rosto esquecível, um queixo cinza de barba grossa mal cortada, desviada para esquerda, e um pomo de adão saliente e brilhoso como o de um peru. De todos seus detalhes tão comuns, os olhos chamavam a atenção, ou melhor, a distância entre eles. Naquele intervalo craniano sobre o nariz poderia se passar um *outdoor*, uma beleza de testa.

Beethoven, era como ele se apresentava, entregou-me a colher que descansava no pires. Não gostava de chocolate e, na verdade, não parecia gostar de muita coisa conforme o perfil no aplicativo de encontros:

"Não gosto de chocolates.

Não gosto de comidas cítricas.

Não gosto de frio".

Seu não gostar combinou com o meu.

A outra cliente na padaria, a mãe, chamou a atenção do garçom ao agitar o filho para o alto, seu tom rosa saudável dava lugar a um vermelho alarmante. O menino estava mais rubro, e a mãe, mais alva. Uma transferência de tons com o saxofone de Kenny G a urrar.

Na primeira colherada, Beethoven acompanhou a minha bocada com seu nariz pulsante e, de repente, virou-se para trás na direção da criança engasgada.

— Cherejha — retrucou, voltando-se a mim.

— Cerveja?

— CHE-RE-JHA. — Apontou para a própria garganta, bem no gogó do peru.

— Ah, aquele menino está engasgado com uma cereja? Em meados dos anos oitenta chutaria um engasgo com aquela bala de vidro colorida. Hoje, com a onda dessa geração sem glúten e orgânica, aposto na cenoura, a verdura dos buracos mal-amados.

A criança entupida enfrentava o garçom que batia em suas costas e começava a rezar "pai nosso que estais no céu".

— Cherejha — repetiu e o nariz pulsava.

E o engasgado mais vermelho, agora inativo, sequer arranhava a própria garganta, renegando toda a anergia vista há pouco.

— O garoto não ajuda também. Detesto pessoas não proativas.

Rimos.

"Santificado seja o vosso nome".

"Venha a nós o vosso reino".

A mãe chorava vendo o garçom chorar.

— Caixão de criança é peculiar. — Peguei mais uma colherada da torta. — Branquinho ou colorido, uma breguice. Sem graça como esta torta. Falando nisso, odeio velórios. Há pouca honestidade neles, ninguém fala verdades sobre o morto, apenas elogios ou boas memórias. Se morreu, virou santo. Se for pensar, o ódio é o mais honesto dos sentimentos, algo sem filtro.

"Seja feita a vossa vontade".

— Tive um tio bispo agiota e traficante. Seus devedores pagavam os juros dos empréstimos servindo de testemunhas no púlpito do templo. A depender da dívida, o milagre teatral exigia maior entrega do ator. Em até dois dígitos, bastava fazer uma voz gutural; até três dígitos, teria que vir de muleta, além de ter tremeliques. Quatro dígitos para cima eram pagos com sangue, literalmente, através de uma cirurgia espiritual, não literal, onde o devedor era cutucado por alguma faca ou tesoura enferrujada para ao final gritar o milagre realizado. Esse meu tio morreu vítima de uma overdose ao se empolgar na degustação de um carregamento de puríssima cocaína. No velório, houve coro de lamúrias pelos fiéis, ofensas pelos "curados" e alívio pelos endividados.

— Mhinha chasa?

O convite abrupto antes de qualquer atração sexual ou de me acostumar com o sotaque estranhíssimo foi aceito. Sarcasmo sempre rende um bom sexo. Na pior das hipóteses, a broxada estava garantida. Detesto falsas esperanças.

A caminho do caixa, ao mesmo tempo em que Kenny G tocava flauta na chuva, o menino continuava engasgado e nos impedia de sair pela espera do desfecho da aposta. O garçom batia no meio da coluna do garoto, também na nuca, bunda, pernas, virava de ponta cabeça e iniciou uma "ave maria, mãe de misericórdia" misturada com "creio em Deus pai todo poderoso".

— A ambulância não chega, liguei para a polícia também. Jesus Cristo — a funcionária do caixa falou na nossa direção buscando alguma palavra acolhedora ou companheirismo diante da cena.

— Ainda bem que o menino é roxo e não negro — respondi.

— Oi?

— Se fosse negro o levariam preso acusado de roubar algo escondido na traqueia.

— Cherejha — Beethoven intercedeu com sílabas trêmulas. Suas narinas pulsavam mais, e houve um discreto movimento de suas orelhas quando, da boca mole da criança, escapuliu algo rubro e brilhante na direção do chão.

A funcionária da caixa agradeceu aos céus pela criança; a mãe abraçou o zumbizinho de volta à vida, com garçom vociferando meia dúzia de palavrões e que não era pago para isso.

— Cherejha. — Beethoven avançou na direção do objeto causador do engasgo, uma quase intacta cereja deslizando pelo piso sujo, e a estourou entre os lábios.

Ainda indeciso para considerar o gesto excitante ou nojento ao extremo, limitei as palavras até sua casa. Ao meu lado, Beethoven deixou a janela do carro aberta, por vezes tirava a cabeça para fora e mordia o vento. Sua boca se abria deixando escapulir a língua para saborear o ar fedido com o eterno cheiro de laranja da cidade. Seguimos com o rádio desligado, não gosto de música, muito menos de notícias; de me estressar sozinho, eu sou capaz.

— Derehtha, retho, esquerda, retho... — guiou o caminho de olhos fechados — chegouh.

Chegamos à Vila Xavier, bairro tradicional da cidade, único ainda não tomado pela verticalização, com casas antigas de ares do século retrasado.

Fugindo à regra do quarteirão de casas discretas, a do meu novo amigo aflorava com arco-íris gritantes em tons cítricos e de infinitas mandalas pintadas nas paredes. Breguice de arrepiar. Em nenhum momento, ele dera pista de ser *goodvibe*, alternativo ou adepto a algum xamanismo urbano modinha.

Ultrapassamos o cercado de metal de meio metro de altura e, após quatro singelos degraus, chegamos a uma pequena varanda de entrada com pilares em *neon* e dois assentos. Uma cadeira de tiras trançadas de elásticos e outra suspensa pelo teto feita de bordado ou barbante ou cipoal em frangalhos. Um largo pedaço carcomido desta cadeira estava ao chão e fugiu da minha presença pela lateral da casa. Tentei acompanhá-lo com a vista, sem sucesso, me deparando com um jardim comprido até os fundos da casa, repleto de buracos e terra remexida com raras gramas secas e uma ou outra flor moribunda.

Seria um rato típico de casa de algum acumulador pirado? Se fosse um gato, estaria diante de um maníaco carente meloso e possessivo? Só de pensar em bichos, a rinite se manifestou entre fungadas e espirros.

Grunhidos baixinhos nada discretos responderam às minhas dúvidas. Era um rato, só podia ser. Ainda não o via, mas o sentia. Estaria me esperando para correr contra meus pés. Eu daria um grito escandaloso. Ele voltaria correndo para seu esconderijo no interior da geladeira. Local quente e úmido. Por vezes entraria e salpicaria nos produtos refrigerados gotinhas de leptospirose, mijadinhas gostosas e flocos de fezes. Nota mental: não comer nada daqui.

Três voltas da chave tetra e a porta se abriu com um rangido. Fomos recebidos por estalinhos de um sino dos ventos partindo do teto, chão de taco gasto e um adocicado aroma de camomila capaz de me levar de volta à casa de minha falecida vó em uma tarde de chuva com bolo de cenoura. Eu detestava aquela velha.

As cores de fora invadiam o interior em forma de ondulações musicais de maconheiro praiano. Mantas coloridas jogadas pelos cantos, um colchão encardido, um sofá rasgado e, logo atrás dele, um saco de areia típico de treino de boxe. Um chiqueiro com pretensões de exalar energia positiva e perfeito para o roedor sacana.

O sofá se moveu. O bicho entrou com a gente. Pela força do movimento, era uma ratazana. No mínimo avançaria e escalaria minhas pernas, morderia minha barriga, escalaria minha cara, queixo, lábios e *nhac!* Arrancaria o meu nariz. Se fosse para arrancar algo, que fosse o olho direito, em que a miopia é maior. Por falar em olho, em meio aos enfeites e mensageiros do vento pendurados pelo local, um olho humano em um pendurichalho balançava discretamente, era uma réplica perfeita, brilhante, com terminações nervosas. Mais um item de péssimo gosto.

Beethoven se afastou pelo corredor, indicando o sofá. Resolvi aguardar em pé confabulando se transaríamos ali mesmo, com a bunda alvo fácil e o cu de porta de entrada para as patinhas agitadas da ratazana esfomeada. Prazer prostático descartável.

Contornei o sofá afastando com a ponta do sapato as mantas na procura do animal, sem sucesso. Quase tropeço em saco de boxe abandonado com sua parte do meio remendada, apresentando pequenas gotículas de sangue por todo seu couro vermelho. Estranhei. Socar não combinava com o pretendido clima *relax*.

Sons de cachoeiras, passarinhos e teclados começaram a tocar, só prestando para aumentar meu nojo pelo *new age* e pelo animal misterioso.

— Chá de tília ou um drink de licor de maracujá? — Beethoven retornou vestindo uma bata indiana e pés descalços — Não tenho álcool para oferecer, lamento.

Não soube responder pela total ignorância do que é tília e diante da inesperada ausência do sotaque esquisito.

— Se preferir, posso pegar uma água saborizada.

— Eh, isso aqui é tão detestável — apontei para o ambiente muvucado na explosão de sinceridade.

— Sim — trouxe à boca uma xícara fumegante só então percebida. As ondulações cresciam na frente de seu rosto, seus olhos me miravam. — É de lascar mesmo.

— Esse ambiente alto-astral é patético.

— São placebos engraçados. — Ele se aproximou.

— E esse cheiro de incenso? É uma forma de ter câncer no pulmão agradavelmente?

— Ou conquistar uma enxaqueca aromatizada. — Chegou mais perto.

— Não quero ser desagradável.

— Por favor, seja.

— Sua casa é estranha, confortavelmente incômoda.

— A casa não é minha.

— É da sua irmã?

— Nada de assuntos de família.

— Tem buracos no jardim.

— No telhado também.

— Suas paredes parecem pintadas por alguma turma de escolinha burguesa.

— Continue.

— Aluninhos podem soltar sua criatividade para se sentirem especiais, mas não passam de abortos malfeitos.

— Eu penso nisso todo dia. Eu odeio crianças.

— Tem como gostar?

— Às vezes acho que nasci rabugento.

— Você se preocupou com o engasgadinho na padaria?

— Sim, detesto perder apostas.

— O que apostamos?

— Boa pergunta. — Parou à minha frente com a xícara liberando fumaça entrecortadas por nossas respirações.

— Estou agitado.

— Nervoso?

— Bem provável.

— Com ódio?

— Sempre.

Afastamos o sofá e quando percebi suas pernas estavam em meus ombros com sua barriga peluda contra meu umbigo. Entre as estocadas, uma das cobertas se mexeu ao meu lado. A cada movimento, eu acrescentava em minha mente as doenças venéreas possivelmente existentes naquele desconhecido. Eu e minha tendência trágica. Antes de comer o doce, me sentenciava com diabetes. Nas transas com Belinha, irmã de Beethoven, pensava em doenças e, no pior, gravidez. A xícara descansava vazia ao meu lado. HPV. Ele tinha um hálito levemente azedo de ex-fumante. Gonorreia. A ratazana nos rodeava. Sífilis. Tranquei a bunda ao mesmo tempo em que o penetrava mais fundo. Clamídia. O enfeite com o olho humano fitava nossa foda. Verrugas genitais. O suor fedia a selvageria e sedentarismo. Herpes. Senti o calor de outra coisa perto de mim. Tricomoníase. No sofá, a ratazana resolveu aparecer acomodando-se em cima de uma almofada e me encarando na altura dos ombros; deixei uma gota de suor atravessar minha vista para visualizar o bicho melhor...e não era um roedor, mas um treco semirroedor e semicão, um pinscher graúdo, quase um microdoberman musculoso demais de olhos opacos e pelos brancos no diminuto focinho denunciando a idade avançada. Tremia olhando para mim, com meu reflexo borrado nas íris em final de vida. Enquanto metia em Beethoven, o cãozinho tremia me odiando. Dizem que esse cachorro é 50% ódio e 50% tremedeira.

— Eu sou 100% ódio, amiguinho — sussurrei ao cão *voyeur*.

De resposta, uma comichão nas costas na altura da torácica. O cão saiu de cima de mim, tomando distância e gotejando sangue dos dentes. Só então percebi a mordida, uma dentada cuja ardência subiu pela coluna, nuca e mandíbula, enraizando sobre as maçãs do rosto, clamando todo o sangue do meu corpo. A broxada estava garantida. Não tive tempo de levar as mãos ao machucado. A tremedeira estava em mim, anulando a visão que tinha do cão, escondendo Beethoven, deixando-me sozinho em um amontoado de tralhas, panos e tecidos perfumados.

Nu, jogado no chão, tremi possuído pela dor, repulsa e o ódio.

Muito

ódio.

DOMINGOS

— Nem posso usar o banheiro em paz. Fecha a porta! Quero cagar!

— Use aí, não vou olhar. Lembra do que aconteceu da última vez, não é?

— Vá te catar.

— Eu espero.

— Acabei.

— Não vai se limpar?

— Sai da minha frente, rameira imbecil igual à sua mãe, que o Capeta a tenha.

— Já pedi para o senhor não a chamar assim, papai.

— Se ela não tá satisfeita, venha do inferno para reclamar. Minha filha não vai dizer como eu falo. Sai da minha frente, quero me sentar no sofá. Cadê a minha caneca com tremoço?

— Aqui. Essa casa é grande demais, muito difícil para alguém da sua idade cuidar dela sozinho, não é a primeira vez que escorrega. Graças a Deus, o senhor não fraturou o fêmur. Já pensou? Seria internado. Não temos convênio, encararia SUS que tanto detesta?

— Casa grande, pequena, média, não importa o tamanho, é minha e daqui não saio. Vou aumentar a porra do volume da televisão, não escuto nada com sua matraca descontrolada. Se eu cair, me levanto, não foi assim com essa porcaria de pé agora inchado e enfaixado? Simplesmente me distrai na saída do banho e caí, é isso. Não vi o maldito pano de chão, pisei em falso e estourei o box de vidro. Esse tremoço não está salgado! E foi um cortezinho de nada. Passei um unguento, enfaixei e pronto. Tá pronto para outra. Por que não faz igual aos seus irmãos e dá uma folga para o seu pai?

— Eles não te deram folga, te abandonaram.

— Abandone também, não me espere chorar pela sua ausência.

— Bem, de você...

— Do senhor.

— Do senhor, não espero mais nada. Sou uma idiota por achar que vai me ouvir um dia.

— Você tem razão, Marina.

— Vai me ouvir?

— Não, é uma idiota mesmo.

— Não preciso repetir. A casa nem está em seu nome. Lembra do testamento da mamãe? E há dívidas pendentes no banco, podemos perder o imóvel.

— São suas dívidas, o problema é seu. E não me olhe assim, meus oitenta e três anos não foram à toa, estão me enrolando e querem tirar vantagem de mim. Você e seus irmãos.

— Só quero o seu bem.

— Meus bens! Querem me trancar num asilo pra morrer de fralda e sonda. Ficar com um bando de moribundos. Sacos de pele recheados de ossos e medicação. Dopados e calminhos para os enfermeiros abusarem e roubarem seus pertences. Nunca me roubarão, nem você, nem seus irmãos, nem enfermeiros. Nunca pensei ter esse tipo de conversa. Só tem comercial nessa merda de televisão. A pilha do controle está acabando, aperto, aperto e não muda! Imaginava morrer aos cinquenta anos, morrer dormindo, sem dores. Mas a dor de aguentar filhos escrotos foi reservada para mim.

— Seria bem tratado. Essa sua coluna...

— Minha coluna está ótima e pare de me encher. Tá vendo a porta ali? É serventia da casa, da minha casa, minha.

— Deixei as compras na mesa da cozinha. Quer que eu guarde?

— Se eu precisasse de ajuda, pediria.

— Preparei alguns congelados. Estão todos etiquetados com o dia da semana. É só colocar no micro. Evite usar o fogão.

— Vou enfiar a minha cabeça no forno e fazer um assado se continuar aqui. Pare de segurar a maçaneta, vire e saia daqui de uma vez. Olha lá, começou o programa. Hoje vão falar sobre uma família de anões, pequeninos fodedores. Prefiro aqueles episódios sobre gordos crescendo em camas.

— Estou indo.

— E quer saber? Vou até esse banco tirar sua dívida. Com certeza estão te enrolando. Banqueiros adoram gente trouxa. O meu não pode ficar na reta por besteira de vocês.

— Tenha um bom dia, papai.

— Estou tentando.

FRANCISCO

A chave entortava teimando para entrar na fechadura. Prestes a quebrar, invadiu as engrenagens envelhecidas e barulhentas para o acesso à colmeia de cuzões, ou melhor, o prédio onde moro.

Não lembrei se tinha estacionado o carro na garagem, ou deixado no meio da rua, ou tenha vindo a pé, pouco importava; era fim de madrugada, e só precisava escorrer para cama e dormir. Deslizaria antes dos bom-dia falsos e olhares de inveja, antes de tentativa forçadas de puxar assunto.

No interior do edifício, a placa de "elevador em manutenção" me saudou oferecendo dezesseis putos andares até a cobertura. No meu reflexo da porta do elevador desativado estava um cara moreno, magro, cabelos castanhos claros despenteados, vestindo apenas uma bata indiana e brilhando de suor.

Suor gotejando.

Boom, boom.

Boom, meus sentidos expandiram a cada degrau.

Ouvi vizinhos se mexendo nas camas, peidos, raros gemidos. Dois apartamentos por andar, tão pouco para guardar tanta gente sem graça. Informações indesejadas se avolumavam. Aqueles efeitos de ressaca me eram desconhecidos. Ressaca sem álcool, só na base de sexo e música *new age*. Um bate-estaca do toque de um celular não atendido ressoava nos tímpanos. Era do filho do promotor, um traficante blindado por ser branco e morar em um apartamento de luxo onde fazia feira de cocaína. Cheiros vinham a mim do lixo do condomínio. Uma camisinha carregada dentro de uma embalagem de yakissoba no décimo segundo andar onde morava uma *booktuber* ultraconservadora nazista. Pelos corredores, rastros de crianças remelentas, carrinhos de feira de idosas fofoqueiras com cheiro de sabonete vagabundo de erva-doce, solas de sapato sujas do advogado corrupto, alvejante e caspa do zelador pedófilo. Quando um cheiro desafiador me congelou em meio às escadas. Algo avassalador, desafiante, capaz de

ampliar minha insatisfação,

esquecer a repulsa por meus vizinhos,

e me posicionar para o duelo.

— Miau — disse o gato azul da vizinha do apartamento 65 em uma de suas caminhadas noturnas. Seu nome era Garfield, mas não era gordo, nem comia lasanha. Eu detestava aquele nome sem graça de uma tirinha sem graça para um bicho sem graça.

— Miau é o caralho — respondi.

— Miau, miau.

— No teu cu! — Escapou um grito de meus lábios e corri na sua direção.

Para sua sorte, ele se enfiou no vão deixado pela porta corta-fogo do andar.

— Miau, miau.

Era uma provocação.

Cheguei ao meu andar.

Morava na cobertura.

Cobertura herdada

de uma puta.

Cadeira de rodas.

Tenho raiva.

Tantos cheiros e provocações.

Acesso minha caverninha do ódio.

Aqui não há arco-íris,

uma solitária lâmpada deixada acesa na sala logo se apaga para permanecer junto a outras três queimadas em um ventilador de madeira de estrutura condenada por cupins.

Tombei na cama fedida.

— Miau, miau.

Garfield está atrás da porta.

Pela janela entreaberta vazavam pernilongos gulosos zumbizando.

— Zum....

— Miau, miau.

Lar, azedo lar.

Quero dormir.

— Miau, miau.

— Zum...

Abro a porta.

— Miau, miau.

Ele está me desafiando.

— Miau.

Abro a porta.

— Miau?

Eu respondo:

Pho

Dah

c.

LÍVIA

— Muito bem, muito bem, meus queridos *liviners*. Pele devidamente hidratada, tudo certinho. Alô, você da pele oleosa, branquinha ou pretinha, como a minha, também deve encarar o hidratante facial. Seguimos agora com o protetor solar. É vital, ainda mais para quem mora na Morada do Sol. Agora é a base. Testa, bochecha, nariz, queixo. Vá com calma. Vamos espalhando com o pincel ou esponja umedecida. Se quiser, pode dar um tapa com o corretivo no cantinho dos olhos. Assim, olhe só. Hoje minha pele resolveu colaborar.

Fazia mais uma *live* de tutorial de "maquiagem para suportar a segunda-feira", de olho no número de seguidores: 3. Eram os de sempre: uma colega da escola, minha irmã e um acesso por engano de algum desconhecido.

— Agora vamos de lápis para retocar a sobrancelha. Cuidado para não ir além do contorno natural, ninguém quer ficar com cara de brava o dia todo, não é?

— Oh! — sussurrou Flavirene, minha irmã, atrás do *ring light*. Eu a ignorei, mas ela continuou — Cadê o Magno?

— Agora vamos de blush — falei com ar de interrogação em uma careta discreta sinalizando não ter ideia de onde nossa calopsita estava.

— O pai deixou a porta aberta de novo, acho que fugiu.

Magno, ou Magnopirol, era nosso animalzinho de estimação. Com as asas cortadas, vivia uma vida bípede, intercalando-a entre fazer graça com poses divertidas — eram as fotos com maior engajamento — e fugas, graças ao nosso relapso pai.

— Vamos passar na região da bochecha, do gordinho da maçã do rosto para a orelha. Assim, assim.

— Oh, Lívia. — Flavirene tremia, prestes a chorar. — E se ele foi atropelado?

— Vamos aos poucos. Agora é hora do iluminador, se ninguém me atrapalhar.

— Lívia, está cheio de caminhão na rua.

— *Liviners*, daremos um intervalinho, coisa rápida para beber uma água, e já voltamos com atualizações da nossa *live* de maquiagem conforme o dia. De segunda a domingo uma cor, uma pegada, um estilo diferente. Não se esqueça de curtir o vídeo, assinar o meu canal, tocar a sinetinha, fazer parte do grupo de membros, compartilhar...

— Oh, Lívia!

Peguei o celular do suporte, colocando-o no bolso da frente da minha camisa bufante, e iniciamos a operação de busca e resgate. Morávamos em um bairro periférico de Araraquara recém-descoberto pelas empreiteiras. Os trechos, antes sequer visitados pelos entregadores de aplicativo com medo de assaltos, eram invadidos por caminhões e um exército de pedreiros. Víamos o bairro se transformar em um canteiro de obras com prédios brotando a cada esquina.

Do nosso quarto, que também fazia as vezes de estúdio particular improvisado e armazém onde eu guardava as pilhas de panfletos para distribuir nos semáforos, atravessamos a cozinha e flagramos nosso pai deitado no sofá. Ainda vestia roupa de cobrador de ônibus, suada e fedida. Em uma das mãos, o celular girava o temporizador marcando a contagem regressiva de três horas, seu intervalo até assumir a função de segurança de um dos shoppings da cidade. Nos encontraríamos novamente no início da madrugada ao sermos acordadas pelo seu choro durante o banho até seus soluços serem interrompidos por uma mão cheia de remédios tarja preta, tombando-o até o meio da manhã para a nova jornada.

— Lívia, vamos! — implorou mais uma vez minha irmã com seus quatorze anos de resistência contra a miséria de nossa família. Sua sensibilidade permanecia intocada mesmo no pior dos cenários. Observei como ela cresceu, magra e mais alta do que eu, sua pele negra brilhava reluzente, enquanto a minha era sempre seca e soterrada por maquiagem.

Fora de casa, fomos recebidas por um sol de concreto, seco, cinza e sujo, refletido na rua de paralelepípedos recoberta por areia e barro. Cresci a vista pela sujeira, nada de Magno no asfalto. Nossos vizinhos fofoqueiros acomodados nas cadeiras na calçada tossiam com pulmões carregados de sujeira e faro sedento por fuxico. De pronto, olharam para nós. Duas meninas esquisitas. Eu, com minha maquiagem incompleta, e minha irmã em pleno choro. Toda aquela corja de curiosos respondeu uníssona e com as cabeças em negativo, de um lado para o outro, sobre o paradeiro de Magno.

— Vamos descer a rua? Pode ter ido para o matagal — sugeri.

— O Ramone o espantaria, acho mesmo que foi para aquele lado lá. — Ela apontou para o local onde se erguia um prédio.

De fato, para baixo de nossa rua se findava em um beco sem saída, justamente na porteira de terrenão de mato alto vigiado por Ramone, um velho pastor-alemão de ancas rebaixadas. Só nos restava ir à construção.

Ao longe tudo, parecia devagar em um pós-almoço preguiçoso. Caminhões ainda estacionados, pedreiros formando grupos de conversa, marmitas vazias jogadas ao meio fio.

E se Magno estivesse enfurnado nessas embalagens de alumínio? A passos cuidadosos, sem deixar escapar qualquer pista do paradeiro da calopsita, nos agachamos pelos bueiros no caminho. Nada. Nada esmagado nas rodas dos veículos, nem mesmo no para-choque dianteiro. Nenhuma pista. O sumiço pesava sobre minha irmã cada vez mais pálida, seus gestos estavam trêmulos diante da ausência de rastros.

Nossa mãe vivia em Magno, o pássaro era sua lembrança. Ela morava no serviço, obrigada a viver em uma casa de grã-finos em um condomínio de luxo na região de Campinas. Um cercadinho de mansões, um cemitério de gente viva onde era obrigada a ser enterrada no serviço, e a vivermos um luto de gente viva. Era ressuscitada em alguns dias, conforme a conveniência dos donos da senzala. Com ela longe, Flavirene buscava em mim a autoridade materna.

Minha irmã era cópia de nosso pai. Eu era minha mãe rejuvenescida, mais do que isso, éramos almas gêmeas, em sincronia mesmo à distância. Quantas vezes pensamos na mesma coisa. Comida, filme, música. Algo além da telepatia. Um laço puro entre mãe e filha. Suas palavras me levaram a encarar a faculdade de psicologia e, seu bom senso, a trancar no segundo ano, graças à demissão do meu pai da polícia.

Avançamos na construção, ultrapassando os tapumes e o letreiro de anúncio do prédio de sei lá quantos quartos por andar, área gourmet, churrasqueira gourmet, piscina gourmet.

Flavirene abordou um funcionário vestindo a luva em pesaroso ritual de reinício de jornada. Para nossa surpresa, o sujeito apenas riu e apontou para um grupo logo adiante.

Corremos para o amontoado de gente. Talvez estivesse admirando Magno, ele estaria descansando em segurança nos braços de alguém. Ou o pior teria acontecido e jogaria uma pá de cal, não literalmente, em nossas esperanças. Em meio aos peões de obra, havia dois efusivos de camisa social e gravata. Tinham cara de engenheiros ou fiscais. Apesar da diferença de roupas, todos se divertiam com a betoneira onde Magno lutava com suas asas inúteis e patinhas frenéticas para se equilibrar entre as ondas de concreto naquele microuniverso girando e girando.

Diante dos gritos de Flavirene, um dos almofadinhas escondeu a gargalhada com uma prancheta de documentos; outros recuaram com piadas.

— Vamos dobrar a aposta! — alguém gritou.

Magno foi atingido por uma onda cinza, apenas um dos olhos permanecia aberto.

Do lado de fora, também rodopiando em desespero, minha irmã gritava na direção dos homens sádicos no espetáculo de agonia. Clamou por ajuda chacoalhando um dos pedreiros pelos braços, mas, inerte em sua estupidez, o cretino apenas mandou um beijo estalado para ela em resposta. Um beijo de morte.

Todos pararam de rir de espanto em um minuto quando desenhei no ar com uma marreta o trajeto contra o painel da betoneira. O grande martelo surrupiado de uma pilha de tijolos cresceu como extensão do meu corpo, como um pincel, um toque de algodão embelezando a cena. O primeiro impacto foi seco, o segundo estourou alguns circuitos, o terceiro interrompeu os movimentos da máquina; no quarto, os homens gritaram, no quinto minha irmã sorriu, no sexto Magno abriu o bico ao ser retirado, no sétimo o salvamos, no oitavo borrei minha maquiagem com suor, no nono joguei o martelo aos pés de um dos almofadinhas, boquiaberto em silêncio.

Só percebi o desfecho ao começarmos a lavar Magno. Com as mãos ainda trêmulas, peguei o celular no bolso. Sem querer, havia me esquecido de interromper a *live*. Tudo foi gravado. No canto da tela, o número de espectadores: dois mil.

DOMINGOS

— Já vai sair, Sábados? — Aproximou-se o esbaforido vizinho fazendo graça com seu aspecto de bexiga, vestindo roupas plásticas e brilhantes de ginástica.

— Não, estou fechando o portão para me trancar fora de casa. — Detestava Enzo, um italiano de quase noventa anos com nome de moleque mimado, metido a atleta e amigo de cada ser vivo; um insuportável de cabelos mal tingidos e ares saudáveis, sem admitir o fim da vida se aproximando em suas pelancas.

— Pensei em te chamar para dar uma corridinha pelo bairro, digo, uma caminhada, a corrida eu fiz há uma hora. Daí lembrei do seu pé machucado. Foi sério isso? Sua filha estava conversando comigo. Um dos meus filhos é médico, ele pode dar uma olhada sem custo, é só dar uma ligadinha. Você deve ter o contato dele, passei quando você deu aquela travada na lombar, lembra? Depois, seria interessante você fazer exercícios, me ofereço para acompanhar assim que se restabelecer.

— Nada feito. Aproveite e corra daqui.

— Eu a vi saindo. Marina estava resfriada ou cortou cebola preparando alguma refeição?

Não precisava responder, não cairia em suas indiretas, não seria a primeira vez a tentar fazer a cabeça da minha filha fracote para comprar a minha casa e construir uma área de lazer. Transformar meu lar em uma zona com piscina de merda e uma bosta de churrasqueira. Pessoas como ele tinham tesão por confraternização. Nojo.

Lembrei com repulsa quando, ao reclamar do som alto em pleno domingo à tarde, fui tragado por mãos bêbadas para o meio de um evento tenebroso no quintal de sua casa. Pessoas de índole duvidosa tocavam pagode, uns dançavam como pobres diabos nas chamas. Cerveja vagabunda, aguada, da qual fui obrigado a beber. Crianças malcriadas corriam destruindo o sossego, de um lado para o outro. Música continuava mais alta e de qualidade mais baixa. "Quer uma coxinha, Seu Domingos?". Seu? Nunca fui seu e de mais ninguém! Centos de salgadinhos besuntados em óleo reutilizado milhares de vezes rodavam em bandejas oferecidas por tias inchadas. De qual andar do inferno saíam tantas tias? Como se reproduz essa gente? Centos viravam milhares de salgadinhos. Ar seboso de música e fritura. Alguém pulou na piscina de plástico. Logo o buraco com água estava cheio de *alguéns* sem nome, não precisavam dar nomes a bichos rudes sem educação. Como uma fossa, boiavam no recipiente de mijo, cloro e água. Mergulhavam, faziam guerrinhas. Nojo. Os estúpidos só pararam para aplaudir Enzo em uma fantasia de Homem-Aranha. Um caquético dando saltinhos em um traje colado exibindo a forma como todos os cadáveres ficam na exumação. Sua máscara vagabunda escorria e tapava a vista causando uma onda de gritos de hienas retardadas. Se Lex Luthor estivesse aqui, o mataria. Sei lá. Detesto gibis. Se não o matasse, eu faria o serviço, atravessaria seu corpo aracnídeo com uma lâmina e, na caixa de som perto de um cavaquinho, deixaria sua cabeça mascarada. Não me daria o trabalho de tirar a máscara para não ver sua cara feia.

— Falando em refeição. Estou com uma dieta de zerar açúcares e gordura e aumentar as proteínas. Nunca tomei tanto *whey* do meu neto. Estou perdendo barriga, olha só. — Subiu a camiseta para mostrar uma barriga murcha.

— Sua pança parece o meu saco. Molenga e enrugado.

— Ótima observação, seu senso de humor é ...

— Ausente.

— Está convidado para me acompanhar. Tenho que cumprir a meta de dar uma enxugada nas banhas e me vestir de Super-Homem na festa do meu netinho mais novo. Lembra do ano passado? Dancei como Homem-Aranha. Você lembra? Lembra? Quem sabe você não se empolga e vem fantasiado também?

— Não me convide.

— Até mais, Sábados. Ótima semana — e o detestável projeto de super-herói seguiu pela rua erguendo os joelhos na altura da pança disforme. Um empolgado combinado de osteoporose e reumatismo seguiu para um lado, e eu rumei para o outro.

— Sem meu *uninho* vermelho, meu carrinho, meu pequeno diabinho retirado por minha filha molenga só porque deixei de usar meus óculos. Enxergo de longe, era o bastante para não bater. Nunca bati! Já bateram em mim, mas não o contrário. Devagar, ela tira minhas razões de viver. Lá vou eu apodrecer neste ponto de ônibus vagabundo.

— Bom dia — disse um moleque com fone de ouvido sentado no banco do ponto cedendo lugar para mim.

Não respondi, não estava falando com ele. É proibido falar em voz alta?

— Obrigado a pegar essa lata de sardinha motorizada enferrujada. Sempre tem um canalha para ceder um lugar ou desocupar o assento preferencial. Pareço não ter condições de ficar em pé? Pareço?

— Pois não?

— Não estou falando com você, moleque. — Ajeitei a faixa do curativo. Algumas manchas vermelhas não estavam ali quando grudei a fita crepe antes de sair de casa. A dor persistia. — Oh, lá. Chegou o ônibus, grande caminhão de bosta.

Futum quente de mil sovacos foi liberado ao abrir da porta dianteira. O garoto babaca cedeu novamente à minha preferência na fila. Entrei. No primeiro degrau, a perna doeu, no segundo, também e no terceiro, muito mais. Me encostei no primeiro ferro de suporte. A porta foi fechada, fiquei enjaulado com o moleque respirando na minha nuca. Alcancei outro ferro acima da minha cabeça. Coluna fisgou.

Bancos antes da catraca estavam ocupados por uma mulher e suas sacolas com brinquedos falsificados e uma criança anestesiada por um celular, vendo uma horrível moça grandona com uma marreta e um pássaro. Como um chimpanzé, enganchei de ferro em ferro até a catraca. Preciso do *cartão do idoso*. Não estava no bolso da camisa, lá apenas duas tampas de caneta, uma receita de remédio para pressão jamais comprado; nem na bermuda de sarja onde moram um molho de chaves, algumas moedas, recibos apodrecidos, um cartão de visita ilegível, um cartão de crédito, um calendário de 1995, e nada do cartão filho da puta.

— Cartão — disse o motorista olhando para minha cara por cima do ombro. Ele não me era estranho, por diversas vezes me levou ao centro da cidade. Lembrei ter ralhado com ele na semana passada por ir muito devagar e por se distrair no trânsito paquerando as piranhas que se apoiavam no motor da condução só para não pagar passagem. Um boquete por uma passagem cara. — Cartão. É só passar aí no sensor, meu senhor. — Desta vez me encarou pelo retrovisor. Ele também se lembrou. Era sua doce vingança.

— Pode parar, desço aqui.

— Se quiser eu pago — sussurrou o moleque babaca e atrevido.

— Vá se foder.

E de volta à calçada com dois quarteirões de lucro, segui percebendo ter perdido a receita do remédio.

— Aposentados, endividados, fodidos de merda em fila para serem roubados por banqueiros malditos.

— Vai uma bala, aí? — Aproximou-se um sujeito oferecendo balas e garrafinhas de água morna para lucrar em cima do mundaréu de desgraçados esperando para entrar na agência bancária.

— Sou diabético, quer me matar, filho da puta? Olha esse mundo de gente precisando de dinheiro. Se nessa altura da vida não arrumaram nada, não vai ser agora que vão conseguir. Malditos desgraçados. Zumbis endividados. Quase uma fila no INAMPS para reclamar da aposentadoria ou fila na farmácia popular para pegar remédio de graça com medo da morte. — Olhei dentro do aquário; atrás das paredes de vidro, os engravatados estúpidos caçando metas inalcançáveis até o coração espanar. O vendedor se afastou, continuei a observar e, quando mal percebi, estava próximo da porta giratória.

— Bom dia, meu querido — disse uma efusiva senhorinha de coluna curvada e olhar de tartaruga a um dos vigilantes na entrada. Ao se encaixar na porta giratória, o vidro parou do nada atravancando o passo já devagar.

— Minha senhora, é só colocar as chaves e celular na gavetinha aqui. Daí eu libero — orientou o vigilante.

A velhota balançou a bolsinha de crochê que mal cabia uma porção de moedas, tirou uma chave com fitinhas do Senhor do Bonfim e milhares de chaveiros com santos enferrujados depositando a tralha na gavetinha.

— Pode vir, senhora — autorizou o vigilante.

A tentativa de avanço foi interrompida de pronto, o joelho da mulher bateu contra o vidro e ela gemeu pelo novo fracasso incompreendido.

— A senhora tem alguma peça de metal na roupa? Um cinto, uma presilha, um broche. — O vigilante fazia as inúteis perguntas padrão. Ela usava apenas uma blusa de tricô e um saiote simples. No máximo vestia uma ceroula com muito pano e nada de metal. Ela acenou negativamente com a cabeça em sinal de derrota diante da tecnologia incompreensível e sempre dona da razão.

— Pode vir novamente, senhora — autorizou o vigilante.

Com passinhos de gueixa, centímetro por centímetro, se mexeu manca pelo joelho machucado e amedrontada por um novo esbarrão na outra perna que a faria sair de lá cadeirante e sem qualquer possibilidade de empréstimo. Assim, finalmente, se libertou do instrumento de tortura e ingressou para se escarafunchar em outra fila dentro da agência.

— Pode vir, senhor — o mesmo vigilante me autorizou a enfrentar o monstro de vidro.

— Só trago essas chaves e algumas moedas. — Depositei tudo na gaveta, e na tentativa de dar o primeiro passo, a porta travou a poucos milímetros do meu rosto.

— O senhor tem alguma peça de metal na roupa? Um cinto, uma presilha...

— Já tá aí na gaveta, não viu? Libera logo. Tenho mais o que fazer. — Percebi o tom de apreensão dos integrantes da fila. Surpresos pela minha atitude de peitar aquela autoridade terceirizada que mal ganhava um salário mínimo, mas se achava superior para descontar seu fracasso profissional em cima de alguém de mais idade. Covardes. À minha frente, o vigilante macho trocou olhares com a vigilante fêmea guardada por trás de uma chapa de metal.

— Pode...

Caminhei e a porta travou novamente contra meu pulso fechado em um tímido soco. Os vigilantes se entreolharam novamente. Vi um sorriso no rosto da fêmea. Uma moça meio vesga, fortona e estúpida. Estiquei a vista para dentro da agência, um engravatado sorriu para ela como um confidente.

— Pode vir, senhor.

Mais uma vez, a porta travou, mas não me deixei atingir. Recuei o corpo, minhas noções de boxe treinado na adolescência ainda estavam vivas.

— O senhor tem alguma peça de metal na roupa?

— Tenho o meu pinto de ferro, serve?

— Então desenrosque e coloque na gavetinha.

— Coloco depois de fazer um buraco a mais para vocês dois poderem cagar pela testa.

A vigilante fêmea intercedeu na conversa como a turma do "deixa disso" e liberou a porta com desculpas pelo inconveniente.

Ao entrar, puxei um estagiário pelo ombro mostrando meu cartão de crédito perguntando quem é o gerente da minha conta. O pivete apontou na direção de um dos milhares de engravatados, justamente o que riu com a vigilante, era uma bichinha, um afeminado com cara de cansado pelas rolas chupadas na noite anterior. No crachá, estava seu nome: Francisco.

FRANCISCO

Antes, apenas cruzavam os braços ou se esfregavam para espantar o frio. Agora, batiam o queixo. Ouvi os dentes tremelicando como caveiras gargalhando. Brincar com o ar-condicionado da agência nunca foi tão divertido. Há tempos tinha abandonado esse passatempo gelado, já estava com saudades de causar o *boom* de sinusite, rinite, funga-funga e, é claro, o choque térmico ao saírem desta agência de esquimós. Outros gerentes apontaram os controles para os splits, mal sabiam, só o meu tinha pilha. A propósito, todos aqui eram gerentes. Gerente do financeiro, gerente do serviço terceirizado, gerente do estágio, gerente da limpeza. Todo bancário virava gerente para poder ser explorado com jornadas quase eternas e horas extras não remuneradas. Pior que ser gerente é ser chamado de colaborador. Escravos colaboradores com as dentaduras batendo de frio. Eu não sou um mero gerente, mas rei das metas.

Tremiam diante de sua majestade!

Apesar do mal-estar sentido no início da noite passada, acordei pleno, com energias renovadas. Sequer tomei café da manhã, satisfeito como se carregasse no estômago uma pizza tamanho família.

Já havia uma fila de clientes formada serpenteando pela parede de vidro do banco aguardando o início do expediente.

Belinha, minha ex-namorada, olhava para mim com seu jeito meigo por trás de um escudo metálico, pelo visto ainda não sabia que fodi seu irmão ontem. Era uma das seguranças do banco, se destacava não por ser a única mulher da equipe, mas pela sua estrutura corporal revestida por músculos tão desenhados que nem a malha grossa do uniforme era capaz de disfarçá-los. Vesga, com um olho teimoso sempre a apontar para o lado contrário do outro, lembrava um pitbull, com um pescoço longo de dachshund, cabelos brancos cacheadinhos como de um *poodle toy* e a simpatia de um cão caramelo de porta de boteco. Simpatia até demais para continuarmos nossa relação. Seu temperamento pacifista servia de disfarce para seu ímpeto controlador com direito a chantagens emocionais. Desavisados entenderiam seu desejo por uma situação sem conflitos e beirando a perfeição, quando na verdade queria as coisas nos seus moldes, conquistando por meio de palavras doces e cheias de esperança, nem que lhe custasse uma úlcera estomacal. Um saco. Durante o sexo, eu me imaginava metendo em um calendário da *Seicho No Ie* com tamanha positividade forçada. No trabalho, seu mar de calmaria refrescava os clientes mais tóxicos logo na entrada, quase um tratamento psiquiátrico, sem a parte do vício em tarja preta.

Apreciei mais uma vez os necessitados, desafortunados depositando as esperanças em um empréstimo eterno capaz de amaldiçoar as gerações vindouras. Estou poético hoje. Atrás da mesa de vidro, e em minha confortável blusa felpuda, deixei de lado o controle do ar-condicionado. Hora do pingue-pongue. Tendo em mãos o controle da porta giratória, autorizei Belinha a liberar o acesso.

O primeiro de fila é sempre o mais fácil. Orgulhoso de si por ocupar a *pole position*, disfarçando o cansaço de perder o início do dia em uma tarefa patética de ir pedir dinheiro, corre empurrando a porta giratória. O truque é fazer o cliente ganhar velocidade e no quarto passo travar a porta. "Ploft!". Uma bela cabeçada.

No caso, a primeira vítima era um sujeito com um bloquinho de jogos da megasena no bolso da camisa polo. Já na primeira travada, os papéis escaparam, espalhando pelo chão suas apostas malfadadas de uma vida melhor. Na segunda travada, preocupado em reorganizar o bloquinho, bateu o topo da testa no vidro, deixando uma marca parecida com uma carinha sorridente, um *smiley* suado.

Assim a fila foi atravessando em cabeçadas e solavancos. Momentos potencializados, cuja satisfação chegava ao nível quase orgásmico. Por vezes, me perdia no som dos gemidos dos clientes, grunhidos, algumas juntas se estalando, respirações ofegantes. Até um velhote começar a gritar durante sua travessia na pela porta. Nem mesmo a presença doce e enérgica de Belinha foi capaz de esfriar o ânimo do sujeito. Sobrevivendo aos solavancos, ingressou na agência e olhou na minha direção apontando o dedo indicador prestes a disparar. Veio rápido, mesmo mancando graças ao pé esquerdo enfaixado à moda mendigo, e acomodou-se à mesa. Deixei de lado o controle para atendê-lo, conquistou minha antipatia de pronto.

— Bom dia, no que posso ajudá-lo?

— Pode ajudar parando de atrapalhar.

Direto, reto, azedo, sem implorar. Arrepiei. Perguntei seu nome. No cadastro constava uma dívida antiga. Processo já ajuizado. Imóvel penhorado. Está fodido.

— No caso, Sr. Domingos, consta um processo em curso, já na fase de execução no fórum daqui. O senhor deve procurar um advogado.

— Se eu quisesse um advogado, não teria vindo até aqui. Vamos resolver isso. Essa dívida não existe.

Um amor de pessoa.

— Existe, como consta no sistema, é antiga, em nome da Sra. Palmira.

— Minha esposa.

— E como ela está? Espero que esteja bem.

— Bem morta.

— Lamento. — Não lamentei, tinha visto esta informação no computador, só queria ver se ele era emotivo. Cada provocação liberava uma onda de satisfação maior que de costume. Antes, só ficava satisfeito ao ver o cliente chorando e assinando um refinanciamento muito mais pesado ou uma confissão de dívida. Não sou o rei das metas à toa.

— Ela morreu, se matou. Não preciso dar detalhes aqui. Ela foi enterrada e a dívida também.

— Não é assim que funciona. A dívida recaiu sobre o imóvel. Este está em nome da Sra. Marina, sua filha, por força de testamento.

— Esse testamento é uma piada. Vamos lá, vamos tratar isso como homens, certo? Consegue?

— O que quer dizer com isso?

— Você deve ser homem também apesar de... você sabe o que eu quero dizer.

— Não sei, explique melhor.

De canto, peguei o controle do ar-condicionado para diminuir a temperatura, um preconceituoso congelado me faria gozar nas ondas de prazer da desavença.

— Olha — estendeu a mão tocando a mesa atrás do calendário de papel em uma tentativa de aproximação e um discretíssimo pedido de desculpas sem palavras. Senti cheiro de sabonete de rosas, aquele sabonete de barra escura. Seu hálito exalou tremoço. — Essas coisinhas acertadas entre mulheres não devem nos atingir. Sou apenas um aposentado, quero apodrecer naquela casa, só isso. Vamos lá, não me faça implorar, porque não irei. Pegue o contrato, a dívida, o documento, a merda que for, vamos!

— Devo entregar o contrato para o senhor, é isso?

— Exato. Pegue a porcaria desse contrato que a vagabunda suicida da minha esposa assinou para me foder.

— E o senhor o rasgaria e a dívida deixaria de existir.

— Onde estão essas folhas?

— O contrato está no computador. Nada feito. — Batuquei no topo do monitor e sorri para provocá-lo.

— Então apague essa bosta do sistema, simples assim. — Bateu na mesa. Das frases, saíam com gotículas de saliva atravessando o ambiente resfriado. Ao fundo, os gerentes faziam fila para o cafezinho na tentativa de fugir da hipotermia.

— Sem condições. Se quiser, podemos renegociar a dívida.

— Renegociar e me *refoder*, é isso.

— *Refoder* dependeria da sua disposição.

— O que quer dizer com isso?

— Seu estado físico, o senhor sabe o que eu quero dizer.

— Não sei, fale como gente.

— Vou imprimir um contrato de renegociação.

— Delete o primeiro, não quero outro.

— Procure um advogado, aconselho fortemente.

— Não quero advogado ou conselhos.

— Então acerte as contas com sua esposa.

— Ela está morta.

— Então trate de morrer ou procure uma sessão espírita.

— Está gozando comigo, rapaz?

— O senhor não faz meu tipo. Temos planos funerários, tem interesse?

— Só se for para enterrar meu braço no seu cu.

— Sem agrados, por favor.

O embate prosseguiu em meio à geleira bancária. Eu, ofegante movido às provocações, e o cliente, rosnando com impropérios. Que deliciosa ocasião. Senti a calça pequena para a ereção brotando, transpirei, gotas de suor brotavam dentro da blusa agora tórrida, retiro-a deixando no canto da mesa, minha camisa está empapada.

— Vamos lá, seu moleque.

Ele estava me chamando para uma briga ou pedindo uma resposta para sua condição financeira lascada? Sua cara franzia em um leque de rugas, seus poros sujos, alguns dentes com tártaro, a ferida no pé esquerdo estava infeccionada, a cueca tem gotículas secas de urina e um borrão com fezes secas. Pretendia chamar o segurança, mas antes precisava xingá-lo de uma forma bem gostosa para o *grand finale*.

— Sabe do que o senhor precisa?

— Da porra desse contrato! — gritou raivoso.

— Precisa de uma bela... — a palavra entalou. Do fundo da garganta, uma coceira me obrigou a tossir um pigarro ruidoso em meio ao nervoso e excitação neurótica. Tossi, tossi, tossi para vomitar uma bola de pelos azul-acinzentados em cima da mesa. A bola de pelo com gotículas de sangue rolou pelo teclado sob as vistas do velhote em silêncio. O gosto em meus lábios após o chumaço denunciou sua origem na qual meu primeiro reflexo foi desacreditar. Garfield. Eu não seria capaz, ou seria?

O cliente sorriu como se aquele pedaço de gato morto fosse sua vitória, estava excitado com a situação. Senti o cheiro. Algo peculiar, levemente salgado. Cheiro de hormônio.

Minha nuca arrepiou.

Vontade de abrir a cabeça do sujeito.

Gerentes me encaravam.

Seus respectivos cus fediam uma diversidade de sabores.

Transpirei.

Vontade de rasgar a cabeça do velho

e mijar em seu cadáver.

Rasgar como o contrato indesejado.

Transpirei. Minha musculatura doía.

— E aí, não vai dizer nada? — ele me desafiou.

Queria destroncá-lo.

Mergulhei nas poças de suor em meu corpo dolorido.

Minhas juntas estalaram.

Algum gerente se aproximou.

Senti seu cheiro. É a gerente da tesouraria.

Menstruada.

Absorvente com flagrância floral.

Espirrei. Meu focinho doía.

Focinho?

Larguei o sujeito gritando e saí pelos fundos para o banheiro dos funcionários.

"Tem gente, idiota!".

Corro para o almoxarifado.

Poeira.

Uma carcaça de rato no fundo da estante.

Mariposas circundavam a lâmpada.

Estava nu.

Onde foram parar minhas roupas?

Pelado.

Me reduzi na minha dor.

E amplifiquei meu ódio.

Ódio que não cabia em mim.

Vi uma cadeira de rodas,

mesmo sem ter uma lá.

Encolhi em mim.

Ouvi alguém cagando no banheiro.

Cagava salpicão e suco de uva integral.

Ouvi os gerentes cochichando.

Ouvi o ar-condicionado sendo desligado.

Ouvi a fila crescendo e o trânsito na rua.

Ouvi um motoqueiro no estacionamento abrindo a viseira do capacete com um ruído. "Nhec".

Me amplifiquei e me encolhi.

Vi a inexistente cadeira de rodas mais uma vez.

Meu nariz e minha boca inchavam.

Orelhas se esticaram ao além.

Sou ódio

puro.

Reduzido e

ampliadho.

LÍVIA

Flores vermelhas, brancas, azuis, amarelas. Não sei o nome, para mim tudo era flor. Flavirene arrumava mais um buquê recebido na estante da sala, entre caixotes de ração para a calopsita, gaiolas ainda desmontadas, brinquedos, comedouros, bebedouros, banheiras e outras coisas até então inéditas.

Nosso pai, recém-autoproclamado empresário, alertou sobre o pessoal da rádio. "Estão chegando" — desde o início do dia estavam prestes a aparecer —, e teríamos de manter a compostura tendo como a sala o único local para gravação. Ninguém gostava de ver casa de pobre, sendo terminantemente proibido levá-los ao quintal, onde a antiga gaiola de Magno ficava na companhia de certa quantidade de entulho e recicláveis. Empolgado, comparou minha maquiagem a um reboco malfeito, cabelos muito para cima, roupa apertada nas ancas e chinelos de feira para catar xepa, e para Flavirene pediu mais sorrisos. Seguiu se conferindo, escovava seus cabelos curtíssimos. De barba feita, vestia a única camisa polo, algo mais perto de um visual formal e respeitável. Seu terceiro e novo turno tinha sabor de renovação e vingança diante do mesmo jornal que, há anos, noticiou a sua expulsão da Polícia Militar.

Com a divulgação do vídeo do resgate de Magno, o número de inscritos no canal do Youtube e no perfil do Instagram explodiu para a casa dos milhares com belos seis dígitos em um intervalo de menos de dez horas; a ação foi compartilhada para muito além da imaginação, a ponto de receber meu próprio vídeo legendado em japonês e em árabe.

Toda equipe da construção responsável pela tentativa de assassinato do nosso mascote foi demitida, e a construtora suspendeu as obras das torres para se deter exclusivamente a ressuscitar sua imagem na opinião pública, oferecendo reforma gratuita de nossa casa, de pronto aceita pelo empresário da família.

Flavirene dançou entre as flores pela casa, seu perfil nas redes sociais era alvo da avalanche de atenção. Pretendentes brotavam para a doce e corajosa garota.

Até mesmo minha mãe conseguiu uma folga de três dias para visitar as filhas celebridades, chegaria amanhã. Tê-la pessoalmente de volta no lar, muito além dos arquivos de voz ou apressadas chamadas de vídeo, iluminava o ambiente com antecedência. Estaríamos completos. Vontade de abraçá-la em êxtase, nos tornando um só sentimento. Cumplices de mesmo sangue. Era o fim do luto de pessoa viva.

Naquela manhã, entraríamos ao vivo na programação da rádio. Não consegui comer nada, tudo entalava e voltava.

Campainha tocou, meu pai berrou, Flavirene riu, e eu quase erro o contorno com o lápis de olho diante do pouco que restava de área livre do espelho por conta das inúmeras flores acomodadas no quarto.

A tão aguardada visita, o pessoal do noticiário local, um cinegrafista com olhar entediado trazendo uma câmera no ombro e uma máquina fotográfica no pescoço na companhia de um repórter que de nome conhecíamos por ser o responsável pela pauta policial.

Recebidos pelo nosso empresário afoito e educado. "Quer um cafezinho?", perguntou e reperguntou para a dupla, "Não repara a bagunça". Recusaram educadamente, se apressando em entrar. Fotos disparadas da frente da casa onde alguns vizinhos urubuzavam tentando aparecer. Flavirene e eu os recebemos como uma dupla sertaneja sincronizada. Mais uma foto. Dentro da sala nos ajeitamos no sofá, abrindo espaço para o repórter se sentar entre nós, como orientado pelo empresário.

Repassamos os detalhes da entrevista, deveríamos responder olhando para a câmera agindo o mais naturalmente possível. Tranquilas, pois seria "rápido e indolor", e nos ater ao perguntado, com exceção do nome da construtora, que deveria ser repetido à exaustão, por ser rival da anunciante da rádio.

"Bom dia, meus amigos, nobres ouvintes e espectadores do programa Abrigo do Sol".

Enquanto o repórter fazia as apresentações inaugurais com patrocínios, minhas mãos congelaram. Passei a cutucar as pontas dos dedos dormentes sem estragar as unhas recém-feitas, o esmalte parecia mais frágil do que de costume, mesmo sem encostar, já borrava.

Senti frio e, também, calor. Tremi por dentro sem tremer por fora. Estava chegando a minha vez de falar. Após a pausa para os patrocinadores, perguntariam o meu nome. Diria o primeiro nome, nome inteiro, apelido ou o nome do meu canal? Minha cor me abandonou. Respiração ofegante, língua pesada e sem reação. Do outro lado da câmera, nosso pai nos fitava, olhou minha postura com trejeitos de reprovação como diversos homens reunidos em um, empresário-policial-segurança-cobrador-pai, um misto de autoridade, e eu aguardando a primeira pergunta. A pergunta veio, foi e não a vi, mas apenas o microfone diante da minha boca. Viajei pelas fibras de plástico do pequeno globo há centímetros dos lábios cujo batom eu arranhava com os dentes em uma mania recém-nascida e sem sentido.

— Ela está um pouco nervosa, vamos falar com essa mocinha alegre aqui. Tudo bom? Seu nome é Flavirene, é a voz dela que podemos ouvir durante o começo do vídeo e a responsável pelo início desta grande aventura.

Ao contrário das minhas, as palavras da caçula da família florearam o ar como nascidas para aquilo desenhando cenas como um belo início de uma saga. Uma trilogia facilmente vendida como "Irmã mais velha preguiçosa", "A busca pelo pássaro sagrado" e "Concreto e glória".

Em certo momento — não sei descrever qual, pois estava transpirando frio, isolada e perdida no canto do sofá —, nosso empresário trouxe Magno em um minitrono. Um horrendo artesanato feito por uma vizinha frequentadora de feirinhas de mulheres empreendedoras e entediadas. Magno levantou as asinhas inúteis, agitou-se com o bico aberto como uma gargalhada muda, nem um pouco tímido. Tentou uma dancinha no ombro da minha irmã. Era a primeira vez que eu via aquilo. Será que treinaram na minha ausência? Um projeto de dança às escondidas enquanto eu gravava vídeo e gastava maquiagem à toa? Ou enquanto eu distribuía panfletos pelos semáforos, eles treinavam para serem o foco das atenções? Eu ali, sem saber falar, tinha muito a dizer. Visitada pelo microfone mais algumas vezes, as palavras não vinham, apenas grunhidos em forma de afirmações "é", "opa", "ok", totalmente fora de contexto. Bastava dizer: eu gravava o vídeo de maquiagem e salvamos a droga de um pássaro paralítico. Paralítico? Seria esse termo certo para um pássaro que não voa?

— Paralítico.

O repórter voltou-se a mim com evidente estranhamento da palavra cuspida em meu lapso nervoso durante a narrativa de Flavirene sobre suas pretensões para o futuro. Ela pretendia ser engenheira de equipamentos hospitalares mais baratos para lutar contra o câncer em crianças pobres. Melhor pessoa não havia.

Quando mal percebi, jazia sozinha no sofá, enterrada na espuma murcha com as madeiras da estrutura contra a bunda. Pai-empresário, irmã e Magno se despediam da dupla da imprensa posando para mais fotos, e eu ali entre os buquês no meu velório de vergonha e nervosismo.

Além de ser *influencer* fracassada, filha atrapalhada e irmã renegada, eu também panfletava. Entregar panfletos nos semáforos exigia certo nível de concentração mais aguçado se comparado ao simples fato de apertar do *rec* do celular e começar a gravar. Memorizar o tempo dos semáforos para voltar à calçada ou canteiro antes de o sinal abrir sem precisar ficar toda hora olhando para trás, ao mesmo tempo atenta pelas motos costurando entre carros e só oferecia o papel para quem, no mínimo, deixasse a janela entreaberta. Nada de bater o papel contra o vidro fechado ou insistir em entregar para quem mal olha ou ignora minha presença.

"Ei, não é você a moça do passarinho?", um ou outro motorista passou a me reconhecer. No calor interiorano entre farol vermelho e buzinas, recebia cumprimentos. Ainda que utilizasse boné e óculos escuros, me descobriam na multidão. Araraquara, mesmo em constante expansão, guardava um resquício de cidade pequena, onde todos eram facilmente reconhecidos e rastreáveis.

Era a nova subcelebridade da cidade panfletando em troca de produtos de maquiagem próximos do vencimento para um gravar vídeos que ninguém assistia até o *efeito Magno*. "E aquela delicinha da sua irmã, não consegue ela para vir pegar o meu pinto rebelde?" e, é claro, o *efeito Flavirene*.

"Novinha, novinha, tem o telefone dela nessas folhinhas?"

"Não quero o seu lápis colorido, neguinha. Prefiro sua irmã no meu batom aqui, olha, olha".

Ao fim do último panfleto, recebido por uma moça que o capturou com a mão esquerda e jogou na rua com a mão direita, retornei à loja no centro da cidade para encontrar Roberta, uma antiga famosa da cidade por ser uma das primeiras mulheres trans a gerenciar uma grande loja de cosméticos.

— Oh, minha bonitona. — Recebeu-me ainda por trás da tela do computador sem tirar os olhos de uma planilha, descendo cada linha com uma régua verde-limão. — Adorei seu momento Luisa Mel. E o melhor, sem drama, músicas melosas ou choro bobo.

— Não vai me zoar por causa da gagueira naquela entrevista?

— Super normal o nervosismo. Foi assim comigo. Sorte minha ter bebido um pouquinho antes das entrevistas. — Olhou na minha direção, deslizou a armação dos óculos para a ponta do nariz. — Três doses de cachaça fazem milagre!

Rimos juntas, partilhando os louros da fama repentina. Ao fim da conferência, ela me trouxe alguns produtos em uma caixa de papelão.

— Rô, aqui só tem pó compacto e base para tom de pele claro.

— Era o que tinha disponível. Essa coleção de *looks* europeus não vingou.

— Vou ficar com cara de zumbi ou fantasma.

— Aproveite que o Halloween está chegando para fazer uns vídeos temáticos. Que tal?

A validade dos produtos estava para a semana seguinte e mal chegaria até o carnaval. Abracei a recompensa pela panfletagem, renderia alguns poucos vídeos de unboxing e talvez uma ou outra revenda por um décimo do preço.

— Da próxima vez, traga sua irmã. O pessoal daqui só tem falado dela.

Não respondi, não era seu empresário.

Chegando em casa, logo na entrada, uma atípica movimentação. Um carrão importado, daqueles utilitários altos e grandes, estacionado na frente da guia rebaixada. Seria mais uma entrevista? Se era, não fui convidada. Alguma sessão de fotos, meros curiosos, alguém da empreiteira? Ao me aproximar da porta da entrada escancarada, vejo uma dondoca caminhando livremente da cozinha para a sala. Uma burguesa folgada pronta para amassar meus panfletos e arremessar contra a minha cara.

— Está linda, Eleonora — meu pai sussurrou para todos ouvirem nos ouvidos daquela mulher que adentrava nosso lar.

Eleonora era o nome da minha mãe.

Ao perceber minha presença, me cumprimentou efusiva. Não era a minha mãe, não era a mesma mulher de nossa sincronia de pensamentos, estávamos em continentes diferentes. Aquele ser usava uma maquiagem cara e inalcançável. Decifrei a mistureba na hora, de sérum, primer, preenchedor de sobrancelha, corretivos, cílios, base, pontos de luz, contorno, blush, batom com acabamento brilhoso e glitter na pele até então acostumada por manchas de óleo quente e poeira. Minha mãe soterrada no lamaçal, forrada por roupas alinhadas, um invólucro de shopping. Nada de preocupações mundanas da então empregada doméstica liberta por poucas horas para voltar ao habitat natural, era um novo modelo de pessoa com ares predatórios e um topete horroroso.

— Onde está a minha mãe? — perguntei, séria, ela sorriu sem responder.

Não veio sozinha, também trouxe um garoto, Victor Augusto, o filho mais novo de seus patrões. Apontou para o garoto dourado ao lado de Flavirene. De caçula para caçula, se juntaram em conversinhas fúteis da idade. Ele, loirinho, olhos verdes, com animais bordados no lado direito de sua camisa e blusa, dentes brancos, tênis branco, unhas brancas, e ela, preta.

Fui apresentada como um espécime raro pela grande matriarca da família, uma cria domesticada, também famosinha, mas muito atrapalhada, feia e nervosa. O diálogo codificado nos gestos de nova *socialite* me rebaixavam diante do pequeno príncipe. Ele, por sua vez, concordou em silêncio e, desinteressado pela atração de cara emburrada, voltou à minha irmã.

Aquela acompanhante de luxo da cria de condomínio era agarrada pelo meu pai pela cintura contra sua pélvis. Os efeitos colaterais de seus remédios calmantes pareciam ter desaparecido diante da oportunidade de trair a esposa com a mesma mulher.

— O Dr. João Guilherme, o pai do Victor Augusto, adora a comida deste restaurante, vamos pedir. — Ela escolheu nosso almoço em um celular recém-doado, era um modelo que seus chefes não se adaptaram, talvez fosse o último modelo de iPhone mais moderno daquela semana.

O motoqueiro do aplicativo, nosso conhecido do bairro, admirou-se ao trazer a encomenda do restaurante caríssimo. Ele cumprimentou a todos, sem deixar de perguntar sobre minha irmã e Magno.

Almoçamos na mesa pequena para tantos estranhos. Meu ex-pai, agora empresário, minha ex-mãe, a *socialite*, aos pés de minha ex-irmã, a musa.

O casal de adultos foi de champagne; o casal dos caçulas, de energético; e eu, de água.

Fui apresentada a um prato chamado medalhão albino ao molho *porrê*, uma espécie de corte caro, por ser uma carne alta e crua por dentro. Era difícil de engolir quando você não tem sabor.

Após a roda de recapitulação pela enésima vez do resgate, cada um seguiu seu curso. Meus pais se trancaram no quarto; os caçulas foram para não sei onde; e eu, no banheiro. No espelho, o desdém recebido fervia em meu rosto. Joguei água gelada. A cútis ardeu de tristeza. Sabonete líquido piorou a angústia. Esfreguei, arranhei, esfreguei. Gritei para dentro da toalha de rosto e segui para meu lugar seguro.

Diante do computador, engatilhei uma *live* surpresa na intenção de fidelizar a audiência recém-chegada. Acertei o celular no tripé, *ring light* ajustado, fundo *chroma key*, produtos alinhados. Respirei fundo.

— Muito bem, muito bem, queridos *liviners*!

1745 assistindo.

— Estamos de volta. Sejam bem-vindos, novos inscritos.

782 assistindo

— Neste vídeo, vou ensinar vocês a como fazer a maquiagem durar em dias de calor como ocorre a semana inteira aqui na cidade. Ninguém quer perder produtos à toa ou ficar com a cara toda borrada de final de balada, não é mesmo?

411 assistindo

— Depois de lavar o rosto e tirar todas as impurezas, é a vez do hidratante.

242 assistindo.

#victorene

Hashtag, até então desconhecida, grudou na tela tatuando meu queixo na imagem projetada.

— A *live* vai ser curta, pessoal. Aguenta aí, isso é muito importante para quem quer sempre manter a classe. — Meu rosto voltou a ficar úmido, não pelo hidratante sequer aplicado, mas por lágrimas desobedientes escorrendo e manchando minhas bochechas.

140 assistindo

#victorene

A hashtag subiu mais uma vez no campo de comentários. Dei por encerrada a *live* sem me despedir.

Ao desconectar, um som de batidinhas ritmadas me cativou, um funk eclodindo do fundo da casa. Conhecia a música. Segui suas notas pelo corredor. O quarto dos meus pais estava aberto, a cama desarrumada. Magno não estava no poleiro novo. No quintal, local até então proibido para filmar ("muito bagunçado, só tranqueira"), encontrei Flavirene e Victor Augusto em uma dancinha genérica de alguma modinha estúpida.

Eles dançavam para o celular nas mãos de *socialite*. Meu empresário se divertia ao lado, imitando os trejeitos da forma como conseguia com Magno nas mãos. Eles também são gravados. Da tela do celular, vejo corações subindo, joinhas, elogios. Do outro lado, meu coração se aperta. Não, não vou chorar. Corro de volta para o quatro e me desconecto também daquele mundo.

DOMINGOS

— Ei, você. Oh, engravatado aí do arquivo! Não vejo seu nome daqui. Até quando vão me deixar algemado? Preso como um bandido, um qualquer, um sem-valor, um bosta da sociedade só porque exigi meus direitos? Eu tava certo, não tem como negar. Aquele gerente bichinha saiu correndo para chorar nos fundos do banco, estava fazendo merda e sabia disso. Depois vieram os amiguinhos corruptos para cima de mim. Sequer me ouviam. "O senhor precisa se acalmar", "Aceita um copo d'água?", "Nosso café tá docinho, docinho". Pro inferno, todos! Derrubei alguns computadores e alguns burocratas junto, não vou negar. Se eu gostei? Também não vou negar. Derrubar um pessoal engomadinho com um terço da sua idade tem um sabor especial. Tirei sangue de um estagiário, talvez tenha quebrado as costelas de uma moça com a bandeja de café. Pouco importa. Se não fosse a grandalhona da segurança, eu teria destruído todos os computadores, e não teriam como me cobrar por causa daquela dívida desgraçada. Ei, não vai me soltar daqui, não? Como é? Não, não vou falar baixo. Vai me amordaçar, é isso? Canalhas, só porque têm uma bosta de arma e uma funcional. Fora isso, não são nada! Como é? Foda-se o desacato! Me jogaram aqui sentado nesta merda de sala.

— Papai.

— Filha da puta, de onde você surgiu? Que susto, quer me enfartar, desgraçada? Vamos lá, me tira daqui. E esse aí do seu lado?

— É o senhor delegado, papai. Tente maneirar o linguajar até sairmos daqui, por favor.

— Vá se foder.

— Senhor Domingos, já tomamos suas palavras a termo. O senhor poderá aguardar o desenrolar do inquérito policial e, bem possivelmente, do processo em liberdade. Não há motivos para mantê-lo aqui por mais tempo, ainda mais com a chegada de sua responsável. Em breve colheremos os depoimentos dos demais envolvidos e não quero confusão.

— Está falando macio porque minha filha tá aí do seu lado. Quer comer ela, é? Naquela salinha ali me tratou como lixo, agora vem todo doce com palavras bonitas. Quer foder minha filha, é? Pegue um tesourão de jardineiro para cortar as teias de aranha no meio das pernas dessa...

— Pelo amor de Deus, papai. — Marina virou-se para o delegado se desculpando e, enquanto ele abria as algemas, ela me ofereceu uma garrafinha de água. — Tome, hidrate-se um pouco. Vou assinar os papéis.

Finalmente ela acertou em algo, estava com sede. Verti a garrafinha de água. Água com gás. Detesto, me faz peidar a semana inteira. Filha incompetente.

Graças à perna machucada com novas gotas de sangue e algumas amareladas, fui acomodado no banco traseiro com alguns travesseiros.

Marina demorou para dar a partida. Enquanto eu acabava com a água, pude ver de canto de olho sua lerdeza em pegar o molho de chaves. Desenhava com a ponta do polegar a chave do carro até enfiá-la na ignição. Deu a partida, mas não saímos do lugar. Vagabunda lenta. Suas mãos passaram a esfregar o volante, circundou algumas vezes em um atrito desnecessário. Deve estar naqueles dias. Sua respiração veio e foi feito uma sanfona ruidosa, até falhar desaguando em um choro nervoso. Ouvi o ranger de seus dentes. Até a puta maluca disparar:

— Fale.

— Falar o quê?

— Alguma coisa para me magoar.

— Não tenho nada pra falar com você. Quero ir pra a minha casa e só.

— É sempre assim. — Torceu o volante. — Busco você na delegacia por ter destruído um banco e atacado pessoas; salvo você de um bingo depois de ter xerocado a mesma tabela para todos os participantes só para ver eles brigarem, te retiro de um supermercado convencendo a gerente a não chamar a polícia, porque você roubou um quilo de alcatra...

— O preço estava absurdo. Um roubo! Então roubei eles primeiro.

— Por favor, cala a boca. Cala a boca. — Sua voz estava rouca como o motor do carro.

— Isso são modos de...

— Estou aprisionada em você. Essa preocupação me corrói. Você tá falido, há anos pago suas contas, abasteço sua casa, a troco do quê? De ofensas gratuitas! Não quero seu amor, não quero nada seu, porque faço tudo de coração. Um coração vazio nunca visitado por você. Não quero gratidão. Olha pra mim, não se atreva a abaixar a vista. Olha pra mim. Só quero seu silêncio pra eu sentir o dever cumprido. Da mísera porção de tremoço até o papel higiênico esfregando seu rabo foram pagos por mim! Mas não vou te abandonar, apenas terá a atenção devida para suas dificuldades. Sim, você não se aguenta sozinho, olhe sua perna. Está podre!

— Vá te catar! Abra essa porta, não preciso de você. Abra essa porta.

— Está aberta, seu lixo.

Escapando dos meus dedos molengas, a trava do carro continuava inerte. Mal consegui abrir a janela. Tentei me levantar, me ajeitar minimamente, porém não suportava o próprio peso de toneladas. Tentei reclamar; o queixo pesou aberto e não voltou. O que ela fez comigo? A garrafa d'água!

— Deixe o calmante fazer efeito. Deita aí e relaxa.

LÍVIA

— Muito bem, muito bem, queridos *liviners*! Por essas vocês não esperavam, não é mesmo? Pois saibam que estou na rua, em meio às obras onde fizemos o resgate do nosso querido Magno. Mas vejam só, a área agora está toda fechada por tapumes. Estão com medo de mim? Escrevam o que vocês acham aí na sessão de comentários e não se esqueçam daquele joinha tradicional. Vamos continuar. Tem um pedreiro lá na entrada. Vou tentar chegar perto dele. "Ei, você. Que tal conversarmos? Volta aqui". Sem sucesso, pessoal. Bando de fujões. O quarteirão está um tanto mudado, como podem ver. Além dos tapumes novos e mais altos, há um sem-número de placas com advertência de acesso, *propriedade particular*. Estaríamos diante de uma construtora com estresse pós-traumático? Não duvido nada. Inventem alguma doença engraçada nos comentários. A melhor vai ganhar uma réplica do Magno de pelúcia. Minha casa está cheia desses bichinhos fofos, e eu adoraria compartilhar com meus queridos *seguimores*. Consigo pular por esses bloqueios? Não. Sou alta, mas não tanto. Alta demais para namorar, acho que um metro e oitenta e poucos, se estão se perguntando. Quanto eu peso? Ah, daí já querem saber muito. Tem uma coisa que sempre me incomodou neste bairro, a quantidade de cães e gatos abandonados. Olhem lá na frente, tão vendo aquele caramelo ali? Tá manco, com certeza foi atropelado. É só caminharmos um pouco para acharmos uns gatos com olhos furados. Certa vez, encontrei um gato todo lacrado com cola. É isso mesmo, eu sei que é pesado, espero que não desmonetizem essa *live*. O gatinho com os olhos, boca, orelhas e as partes com *superbonder*. O que eu fiz? Não fiz nada, quem fez foi meu pai e um tijolo. Eu era muito pequena, mas ainda lembro do som estranho, não parece como dos filmes, é algo simples, seco e foi ganhando umidade com mais golpes até ficar molhado, grudento. Eu era novinha mesmo, minha mãe estava grávida, e meu pai era policial na época. Claro, era policial, mas ninguém do bairro sabia, não era doido para pedir a morte certa. Sempre ia e vinha sem farda e nada de passar com a viatura por perto. Seus colegas do trabalho o deixavam em um posto de combustíveis, e ele vinha a pé com a farda em uma mochila. Vocês devem estar se perguntando como ele deixou de ser policial? Ah. É uma longa história. Ou melhor, uma curta história podendo ser resumida em "álcool demais". Ele viu um amigo se matar. Policiais se matam aos montes. E mergulhou no alcoolismo. Mas agora está curado, vomita se sentir um perfume muito forte. Livrou-se da bebedeira, e a Polícia Militar se livrou dele antes. Isso é papo para outra hora. Fiquei tão empolgada que mal vi os comentários de vocês.

7 pessoas assistindo.

#victorene

"Quem se importa com essa sua merda de vida?"

"Sessão flashback? Quem pediu? Eu não fui."

"Preta fedida. Cadê a sua irmã?"

Tomada pela decepção, minhas lágrimas teriam escapado se não fosse uma chamada inesperado no celular. No identificador: Roberta.

Não. Não vou chorar.

— Oi, Rô.

— Credo, que voz é essa, minha bonitona? Tem como dar uma passadinha na loja agora? Tenho novidades.

Aceitei tão rápido quanto encerrei a *live* sem me despedir.

O busão chegou no ponto na velocidade da minha ansiedade. Por sorte, estava vazio, recém-limpo, com cheirinho de pinhos do campo e música ambiente agradável. Ocasião rara, talvez premonitória de algo extraordinário prestes a se concretizar. O motorista, que também fazia o serviço de cobrador, me cumprimentou de coração, talvez tenha percebido o quanto de esperança eu carregava em meu peito. Acima das janelas encontrei escrito na lataria "A fé em Deus nos faz crer no incrível, ver o invisível e realizar o impossível". Acolhida pelos braços misericordiosos. Dentre todos os bancos vagos, escolhi o melhor, nem no sol, nem na sombra. Uma localização agradável para sentir os ventos das mudanças pelos cabelos. O trajeto repetido milhares de vezes se repaginava em cores. Pessoas motivadas caminhavam pela calçada, pássaros rasgando o céu em um cantarolar apaixonante. Envolta pela boa expectativa, contemplei um novo mundo. Assim que alcançamos o centro da cidade, agradeci o motorista e de pronto estava na loja. Roberta me viu, escancarou seu sorriso amoroso e foi aos fundos da loja, voltando com uma caixa e um calhamaço de panfletos.

— Veio voando, é? — deixou a caixa em cima do balcão de vidro onde eram expostas unhas de acrílico rosas, pretas, afiadas, todas no estilo Zé do Caixão. Algumas vendedoras passaram a acompanhar nossa conversa. — Aqui estão os panfletinhos básicos e a grande novidade.

Até a caixa era bonita, nada de caixote de papelão reaproveitado de sabonete líquido de erva-doce. Frascos coloridos, transparentes, de vidro, plástico poroso contendo cremes, batom, base, rímel, sombra e uns acessórios ainda desconhecidos eclodiram aromas elegantes, um vulcão de bom gosto. Capturei um batom líquido com validade para daqui a cinco anos! Não só ele. Todos com datas longas. Meu canal seria ressuscitado com este belo *upgrade*.

Abracei a caixa de pronto e a puxei para perto, Roberta puxou do outro lado. Com uma tosse curta, ela limpou a garganta.

— Então. Esses panfletos são para você. A caixa é da sua irmã, mas pode ser sua também. Pede para ela dar uma passadinha aqui para umas fotos. Coisa rápida, na frente da loja e com a equipe de vendedoras, digo, colaboradoras. Você também está convidada, claro.

Algumas vendedoras — ou colaboradoras — se aproximaram, cada uma com celular e conversando entre elas.

— Não é você a moça do passarinho?

— Ela mesmo — Roberta respondeu.

— Minha família adorou o seu vídeo.

— Agora não deixamos de te acompanhar. Sigo desde ontem. — Uma dela virou a tela do celular na minha direção. Lá estava a nova dancinha dos caçulas.

— Essa não sou eu. Esse não é o meu canal.

— Ah, não é você mesmo, né? — riram se entreolhando — Sua irmã também participou do lance do passarinho, então tá valendo.

#victorene

Abandonei a caixa arrastando-a de volta para o queixo mal barbeado de Roberta, capturei o bolo de panfletos e caminhei para fora da loja, enfiando-os no primeiro bueiro encontrado.

Esperei pelo ônibus. Todo tipo de veículo passou pelo ponto. Carros, caminhões, contei três aviões e um helicóptero. Até um navio poderia passar rasgando a rua, mas nada do ônibus da minha linha. Finalmente, ele deu o ar da graça. Busão lotado. O motorista inútil errou o troco, reclamei, e ele errou novamente. Pela catraca barulhenta, me atolei no mundaréu de gente suada, fedida. Cada um com seu fracasso na vida. Adoraria acionar a alavanca de segurança para desencaixar as janelas e me livrar da névoa de saliva azeda e suor. Cheiro de sexo. Bocetas, pintos e cus fétidos. Condenada a ficar em pé, dependurada em um dos ferros como uma carne no açougue. Minhas coxas grudavam. Alguém ouvia música terrível no celular. Não conhecia fone de ouvido, desgraçado? Roguei uma praga para um tumor crescer dentro deste vácuo não ocupado pela massa cinzenta no crânio do passageiro surdo. Tudo tão desprezível. Havia um escrito perto da janela "Deus é bom o tempo todo". Bom de sodomizar, só se for. Entidade inútil. O busão rastejou pelo asfalto parando em cada ponto, mesmo vazio; graças ao motorista caçando cada farol vermelho para ter o prazer de deixar o expediente rolar sem trabalhar. Merecia uma justa causa.

Após escapar do castigo de quatro rodas, o rumo de casa era rápido e direto, nada me atrapalhou, pois fiz sozinha. Mais pessoas só atrapalham. O sucesso e o crime só são perfeitos com poucos envolvidos. Sozinha, eu devia agir. Nada de traidores. Nada de obstáculos.

Meus punhos se fecharam com as pontas dos dedos quase furando a palma da mão. Contra a porta de entrada de casa, um chute bastou para escancará-la. Meu pai bêbado e a puta *socialite* se abraçavam repulsivamente na sala contaminada por uma melodia irritante.

Segui a música.

Segui cada bate-estaca.

Segui cada "vai, novinha".

Segui cada "vai para o chão".

E encontrei os caçulas dançando.

Encontrei a melhor versão de filha requebrando. Ela parou ao me ver.

Encontrei o pequeno príncipe rebolando. Ele não parou.

Então minhas mãos encontraram seu nariz, seus dentes, o queixo e as costelas.

Meus pés encontraram sua barriga e sua boca.

FRANCISCO

Sob a cabeça, uma cruz de mármore. Sujeira sobre meu corpo nu. E gargalhadas aos meus pés.

Duas moças com baldes e vassouras olhavam para mim dentro de um caixão em frangalhos, abraçado a um esqueleto decomposto — apenas um crânio banguela, pouco dos ombros, bacia e um fêmur. A mais velha, espantada, se defendia da cena com o cabo de uma vassoura tampando a vista; a mais nova, gargalhava sem ar apontando para minha bunda.

Reconheci o cadáver pelo cheiro, era o meu primo Demétrio. A pessoa que me salvou e cuja vida eu desgracei. Dos olhos vazios emanava tristeza, ainda magoado comigo em seu pós-morte, arrependido por ter me acolhido e ter sido condenado à cadeira de rodas graças a mim. Cadeira de rodas. Os *flashes* do delírio no banco retornaram a mim com um balde de consciência e questionamento de como vim parar ali. De alguma forma, eu havia arrancado a tampa de mármore do jazigo e destruído o caixão, um baita esforço a julgar pelas pontas dos dedos sangrando.

— Jesus, é pirado. — A mulher de mais idade levou a mão à boca deixando a vassoura cair ao chão.

Levantei-me da tumba diante das moças responsáveis pela limpeza do cemitério São Bento, desejei um bom-dia, e a mim foram oferecidas duas peças de roupas deterioradas vindas de uma exumação recente. Aceitei com sorriso teatral, assumindo a loucura presumida, e saí o mais rápido de lá, evitando delongas com receio de que o parentesco fosse descoberto ou algum processo de violação de sepultura ou vilipêndio a cadáver.

— *Tá* doidinho o moço, judiação. É crack, só pode ser um *droguero* — continuou admirada ao me ver tomar distância vestido como um zumbi.

De volta ao prédio, com a chave reserva emprestada pelo porteiro, pelas escadas, fui recepcionado por uma calda vermelha escorrendo pelos degraus. Sangue e detergente em meus pés descalços. Comecei a salivar, o aroma não me era estranho. Segui o som das esfregadas até uma das faxineiras do prédio ao lado de uma vizinha de rosto inchado e avermelhado com um lencinho embebido em lágrimas. Esta falava de seu gato e a barbaridade ocorrida na noite anterior.

— Só restou a cabeça do pequenino. Oh, Garfield! Oh, judiaria!

Ela não tinha ideia de como era um ruim mastigar um crânio, ainda mais com tantos dentinhos afiados para engolir. Não foi desperdício. Para compensar, os órgãos estavam bons, com exceção dos rins. Qual gato tem rim bom? No mais, a carne tinha um toque de noz moscada que combinaria perfeitamente com um *carménère* ao som de jazz. Infelizmente, nenhum preparo foi possível. Encarei a carne crua durante a briga. Parei. Estranhei o fluxo de pensamento fruto de uma consciência até então secreta. Ultrapassei a cena do crime e tema da próxima reunião de condomínio sem chamar a atenção das duas ou ofuscar os melindres do luto, apesar do meu estado cadavérico.

Porta trancada, me libertei da roupa apodrecida e, novamente nu, analisei os últimos acontecimentos. Primeiro, comi um gato. Depois, pirei em frente a um cliente, destruí um jazigo, senti o cheiro de coisas bizarras, ouvi de tudo. O que estou virando, afinal? Esse nervoso aflora e domina. Desejos sádicos se retroalimentam até a convulsão cegar meus sentidos e gerar destruição.

A missão era ficar calmo.

Sossegar meus desejos sarcásticos, não ser levado pela provocação.

Calma, calma.

Respirei, inspirei.

E o telefone tocou.

Quem hoje em dia liga para o telefone residencial? Além de um costume social ultrapassado, era um ato deselegante.

E tocou novamente.

Não podia me descontrolar.

Quem mais me viu pelado? E no cemitério, alguém tirou foto? Aquele cliente, o velho besta, não devia ter me provocado.

E tocou novamente.

Não, não! Controlei o nervoso, telefone do caralho.

Liguei a televisão. No jornal, notícias políticas. Algo mais enervante não havia.

E tocou novamente.

O *trim trim* e o político evangélico narcotraficante conservador dando lição de moral no telejornal.

Não podia ficar nervoso, porra.

Explodir a televisão e rasgar o rabo dos políticos.

Telefone continuou tocando e eu, rosnando.

Tirei o telefone do gancho. Não atendi. Dane-se.

Cadê o controle remoto? Fui desligar a televisão e bati o dedinho do pé na mesinha de centro.

Oh, caralho.

Vi o bendito dedo. Parecia quebrado. A dor escalou minha perna. Caí no chão.

Não devia ficar nervoso.

Caralho.

Pelo reflexo na tela da televisão um novo Francisco se formava, meus músculos enrijeciam e se contraíam.

Minha forma se reduzia a ódio puro, sem exageros, sem gorduras.

Tremia.

Braços e pernas viraram longas e finas patas musculosas.

Era tremor

e ódio.

Que mherdah.

Apaguei novamente para acordar roendo a grade de proteção da varanda da cobertura. Afastei os dentes do pedaço de metal roído. Atrás de mim, meu apartamento destruído. Placas eletrônicas dos aparelhos descansavam em meus cabelos. Minha coleção de DVDs virou um grande tapete de tralhas. Arrotei o cabo plástico da geladeira. Por que não conseguia mais ser normal? Queria meu nervosinho gostoso, sacana, amoral de volta. A cobertura jazia em frangalhos, debrucei-me na grade roída, mesmo local onde me masturbava e gozava das alturas para acertar algum transeunte sortudo pelas ruas, e agora agonizava em uma loucura sem sentido.

Sem sentido desde que conheci Beethoven.

DOMINGOS

— Valdir. Oh, Valdir. Está me ouvindo? A Fátima ficou encarregada do mapa, é a mais antiga daqui, sabe desenhar, conhece toda a estrutura. Não teremos dificuldades, estamos em uma mansão, uma espécie de casarão de fazenda reformado, precisamos traçar rotas de fuga. Marquei neste guardanapo os horários da troca de turno dos enfermeiros, vamos coordenar a movimentação para não sermos pegos pelos desgraçados, não podemos deixar se aproximarem com as merdas dos sedativos. Está me ouvindo? Ah, bom. Vamos fugir desta bosta. Minha perna está quase normal, limparam, acertaram umas faixas firmes, mas ainda dói pra diabo. Valdir, diga alguma coisa, posso contar com você? É o mais magro e rápido, perfeito para abrir o caminho enquanto eu, na retaguarda, empurro o Reginaldo na cadeira de rodas. Juntos, vamos escapar e comemorar no boteco, por minha conta.

Não admitiria completar uma semana naquele depósito de gente. Maldito asilo onde fui enfurnado graças à espertalhona da minha filha. Dei o braço a torcer para a palerma, foi esperta ao oferecer água com gás, mal percebi o gosto de remédio e embarquei na dela. Não estava morto para ser enterrado com estes defuntos ambulantes e não precisava de outro lugar, minha casa me esperava. Não me vão me deixar preso naquele quartinho de empregada doméstica: cama, banheiro com barras de apoio pra onde quer que eu olhe e uma televisão cujo único canal é da TV comunitária com missa e artesanato o dia inteiro. Um castigo para quem só exigiu seus direitos.

Tentaram me derrubar em uma tortura psicológica. Logo no primeiro dia, ao acordar na enfermaria, uma menina idiota vestida de pipoqueira alertou sobre meus índices de diabetes, colesterol, PSA, necessidade de enfiar o dedo no meu rabo, apontou chapas, explicou sobre osteoporose e o diabo a quatro, e eu a mandei ao inferno até vê-la chorar. Tentei fugir logo de cara. Não deu certo. Esta desgraça era bem vigiada. Contrataram os enfermeiros por quilo, mais pesados, melhores as chances de ser contratado. Brutamontes vestidos de branco, como fantasmas bombados assombrando cada canto. Tudo olhavam, tudo era gravado. Inferno na terra. Me capturaram e quando percebi, estava dormindo com uma manta em meus joelhos e toca de lã. Devia controlar minha língua, nada de falar demais. Qualquer agitação era confundida com crise nervosa e motivo para me oferecem mingau, leite achocolatado e caldos. Virei um maldito bebê, apesar de não usar fraldas como outros reféns.

Estudei o local, li todos os folhetinhos da recepção. Prisioneiro em uma casa de repouso travestida em colônia alemã, com suas paredes feitas de madeira e tijolinhos, além de um telhado pontudo e inclinado, absurdamente desnecessário em uma cidade como Araraquara, onde o sol escaldante esturrica até pensamento. Organizadinho, meticuloso, artificial, mesclando cores de amarelo, preto vermelho e branco. Há o chamado "cantinho alemão", onde posicionam as malditas poltronas sonolentas e muvucam os reféns nas extremidades do salão. Curvas de rio. Havia um acervo de coisas não utilizadas, a piscina vigiada para evitar riscos de afogamento, quadra de tênis só com acompanhante para evitar tropeção, até um singelo degrauzinho era forrado por antiderrapante, e um corrimão. Ao menos podia utilizar as saunas alemãs sem preocupação, não sou narigudo o bastante.

Informações colhidas, concluí não ser missão para um guerreiro solitário. Precisaria montar uma turma de pessoas engajadas e valentes, ou pelo menos vivas e com coordenação motora o bastante para uma fuga discreta, silenciosa e eficaz.

Em volta da piscina, alguns reféns eram largados no banho de sol, um bronzeado à força, lá encontrei Fátima, uma velha pele e osso com seus lápis coloridos e uma coleção de giz de cera. Ela brincava com as madeirinhas coloridas — pareciam ossinhos — e desenhava um jardim, paisagens, ou algo parecido. Fui bem recebido ao me apresentar e, depois de poucas palavras, ela acenou positivamente com a cabeça. Senti segurança. Gosto de pessoas diretas e dispostas. Nada acovardada, sequer pediu detalhes. Perguntei se estava há muito tempo. Acenou positivamente com a cabeça. Perguntei se conhecia bem o local. Acenou em positivo novamente. E, por fim, com seus lápis quase sem ponta, perguntei se poderia desenhar um mapa do local, incluindo os portões de acesso e aonde chegaríamos se cruzássemos o matagal — imitação de floresta nativa — aos fundos da mansão. De pronto encarou o desafio de desenhar. Mulher de verdade, corajosa e quieta, sem exigir nada em troca, modelos como esta não existem mais.

Equipe começou a se formar. Precisava encontrar alguém disposto a ser a bucha de canhão, boi de piranha para os enfermeiros. O problema era encontrar um refém apto a correr onde poucos sequer andavam. Era o império das cadeiras de rodas e andadores. Até mesmo a mim foi dada uma bengala. Confesso ser útil como apoio, mas a reservei para servir de porrete. Uma bengalada no queixo ou na traqueia seria eficiente, se necessária.

Pelo jardim encontrei mais um bando de gente vestida de pipoqueiro com seus aventais e ares petulantes trazendo prisioneiros pelas mãos para contornarem cones de trânsito espalhados pelo gramado com a missão de jogar uma bolinha de espuma dentro de uma porcaria de bambolê. Se acertassem o exercício, ganhavam aplausos. Se errassem, ganhavam aplausos. Queria morrer. Após uma seletiva não muito exigente, dentre eles achei, um cara que não fazia questão de companhia para caminhar — até que rápido — e acertar o simplório alvo com destreza. Valdir, um homem negro, de extinto porte atlético, trazendo volumosos aparelhos de surdez obrigando suas orelhas a ganhar um aspecto de abano. Ao contrário da despretensiosa Fátima, ele exigiu recompensas: uma cachacinha da boa para lembrar seus tempos de bebedeira. Tempos extintos graças ao papo furado do médico sobre cirrose, câncer hepático e metástase. Por óbvio, menti prometendo que trouxera dentro de minhas bagagens uma garrafa de Pitu. "Um aperitivo no café da manhã para dar aquela energia", ele disse complementando, reforçando e acreditando nas qualidades da minha mentira.

Por fim, de nada serviria a grande escapada sem uma ajuda externa. Não bastaria a porta principal não ter um suporte ou seguir até o portão principal a pé ou me embrenhar no matagal para ser alvo fácil.

Encontrei Reginaldo durante uma das sessões de tortura. Estávamos ambos deitados em colchonetes, cobaias de duas desgraçadas fisioterapeutas. As carrascas nos torciam, tentando enganar com palavras doces e piadinhas quando, na realidade, buscavam alguma fratura exposta. Meus braços rangiam. Pernas torcidas em movimentos esquisitos estalando e doendo em locais inéditos. Quase gritei, tentei arrancar os cabelos de uma, me segurei. Ah, como me segurei. Não poderia chamar a atenção. Para todos os efeitos deveria ser um moribundo tristonho, abandonado pela família e esperando a morte chegar. Bela mentira. Deixei a tortura passar, já sou calejado dos porões da ditadura.

Ainda nos últimos requintes de crueldade, uma das putas de branco passava uma bolinha de chumbo para "relaxar minha musculatura tensa", fitei Reginaldo e o celular em seu colo. Era o único refém com o celular, aparelho era proibido para grande parte dos outros presos, pois poderia ser uma bomba para a ansiedade e afetar a socialização. O pouco que falava era sobre o filho, das saudades e a esperada ligação do bastardo. A torturadora ao seu encargo mal ligava para a conversa, focava sua atenção no posicionamento da bolsa de colostomia de um lado e a sonda com o saco de urina do outro. Como seria agradável depositar os engodos da vida em sacos plásticos. Quantas pessoas eu poderia ensacar? Minha filha ficaria ótima na conserva em urina.

Com ele, o contato foi mais fácil. Bastou comentar como eu adoraria conhecer o seu amado filho e passar uma tarde com o moço, dependendo apenas de uma carona; ele me abraçou de imediato, chegando a chorar. Ao ser perguntado, Reginaldo não disse onde o filho morava, mas em um lugar melhor e sempre perto dele. Devia morar em algum bairro vizinho ou até mesmo em uma cidade nos arredores da região, como Matão, Ibaté ou São Carlos.

Da minha parte, a logística. Havia observado durante três dias o ritual: duas motos dos enfermeiros da escala da manhã passam pelas janelas da casa. Contando no relógio de madeira no início do corredor para os quartos, em exatos sete minutos, eles entrariam a pé pela porta cruzando com os outros dois enfermeiros da noite de saída. Se cumprimentariam com breves acenos de cabeça, tapa nos ombros ou nas costas com alguma frase idiota ou bobagens sobre futebol, algo que não tomaria tempo do trajeto. Os recém-chegados mal olhariam para os reféns tomando café e distraídos com a programação da televisão, bateriam o cartão de ponto, depois um cafezinho, leriam uma planilha com as observações do plantão passado. Se a secretária bonitinha estivesse por perto, jogariam uns flertes estúpidos. Os dois brucutus ririam de alguma imbecilidade qualquer e tomariam mais um cafezinho para cortar o bocejo encerrando o limbo de início de trabalho, intervalo perfeito de distração entre o café ao bocejo para a fuga.

Acertei com os três; o plano ocorreria no dia seguinte durante a troca de turno durante o café da manhã.

Fomos acordados pontualmente às nove da madrugada. O café perduraria até às onze e, depois de uma hora de soneca, teríamos o almoço. Neste meio tempo, eu já estaria de volta para casa vendo Marina comer o contrato filho da puta.

Com o prato de mingau deixado de lado, troquei olhares com Fátima e seus ossinhos coloridos afoitos naquele início de dia, era um exemplo de mulher dedicada à missão. Valdir vestia um short curto de corredor e uma regata. Com gestos discretos se alongava em toda extensão permitida pelas suas juntas. Do outro lado do refeitório, Reginaldo agitava o celular e o levava à orelha por diversas vezes, provavelmente finalizando a ligação e acertando a nossa carona de fuga.

Precisava ser cirúrgico. Fitei os três parceiros mais uma vez, além da tigela de mingau ao meu lado.

As motos passaram. Despedi-me do mingau. Até nunca mais. Levantei-me do meu lugar e andei sem levantar demais os joelhos — qualquer passo muito rápido, poderiam achar que exagerei no café e me botar para dormir. Na direção de Fátima, ela dobrou o papel com a palma das mãos, uma dobradura malfeita, um origami de tartaruga atropelada.

— Obrigado, sua idiota.

Ela sorriu colorido de volta. Cada dente de uma cor. Seus lápis continuavam sem ponta.

Com o mapa debaixo do braço, fui até Reginaldo depositado no cantinho alemão.

— Pronto para ver o filhote?

— Saudades eternas.

— Conversou com ele?

— Todos os dias.

Ótimo. Atrás de sua cadeira de rodas liberei as travas. Aguardei a contagem regressiva do ponteiro dos minutos do relógio acima daquele mar de pelanca comendo bolachas. Mentalmente me despedi de todos desejando que apodrecessem juntamente com as desgraçadas famílias que os enterraram em vida. Bando de filhos da puta. Valdir olhou para mim.

Estávamos em sintonia. Cinco minutos já se passaram. Os enfermeiros da noite encerraram o turno e batiam o cartão, só esperavam os outros dois para a troca. Seis minutos.

Valdir, olhe para mim. Gesticulei, faltava apenas um minuto para a sua vez. O vulto parou na porta principal, era chegada a hora.

Apenas um funcionário entrou. Um único solitário e sozinho marmanjo de avental. Cadê o outro? Ele se despediu da dupla de saída. O Sr. Sozinho foi bater o cartão. Passou alguns segundos. Valdir olhou para mim, e eu não havia localizado o segundo enfermeiro. Não perderia a oportunidade. Abri o mapa, precisava acertar a rota. Expandi a dobradura e encontrei um girassol desenhando com catarro e ranho. Olhei para Fátima; ela sorriu para mim com sua gargalhada colorida. Os lápis nunca foram para colorir. Foda-se, vai assim mesmo.

Acenei para Valdir e segui com a cadeira de rodas. As rodas giravam devagar demais. Estavam presas às mantas! Malditas mantas, que tesão era esse por cobertas? Edredons, tapetinhos e toalhinhas. Tecidos em todos os locais deste purgatório! Arranquei a coberta de lã do colo de Reginaldo e a joguei no chão, segui forçando com o peso do meu corpo para a cadeira se mover, meu pé doía.

Reginaldo gemeu.

— Ligue para seu filho agora — ordenei, mas ele abriu e fechou o celular ao meio sem discar. — Ligue para o seu garoto, vamos.

Novamente ele abriu, fechou, abriu, beijou a tela, fechou, abriu.

Sem ser visto pelos funcionários, Valdir se aproximou da porta principal. Gire a maldita maçaneta, gire! Ele girou e, antes de brotar o acesso para liberdade, surgiu o segundo enfermeiro.

— Soca esse filho da puta!

O público do café da manhã se admirou não pela briga iniciada, mas pelos gemidos de Reginaldo.

— Quer ou não quer encontrar o seu menino, imbecil?

Ele só gemia e eu empurrava pelo salão a cadeira empacada.

— Dá essa merda de celular aqui, filho da puta. — Peguei o aparelho, nele havia só uma foto, uma tela de bloqueio intransponível com uma imagem em preto e branco de um rapaz sorrindo ao lado de uma moto.

— Não vá me dizer que ele morreu.

Valdir estava ao chão com o enfermeiro em cima dele. Reginaldo chorava. Não por saudades do presunto bastardo. Pelo caminho da cadeira de rodas difícil de guiar deixamos um rastro de mijo, bosta e sangue. A maldita coberta havia enroscado na roda, arrancando a bolsa de colostomia, além de engalfinhar no saco de mijo em uma grande sinfonia gástrica. O sistema digestivo do pobre homem contaminou os ares do mingau matinal dos prisioneiros. Só me restava fingir senilidade, "Culpa do edredom!", gritei arremessando o celular contra a parede.

Ao final da tarde, ao lado de Fátima, tomei um copo de leite com aroma de bosta.

FRANCISCO

Sem celular para acessar o aplicativo de foda, caminhei até a casa de Beethoven na Vila Xavier. Não arriscaria voltar à agência, ser abordado e sofrer mais uma crise bizarra. A demissão podia esperar.

Apesar da distância, foi um trajeto tranquilo e surpreendente. Os mesmos trechos atravessados de carro traziam novas cores e mensagens invisíveis lidas em cheiros. Ao passar pelo pontilhão da Avenida Barroso, conhecido point de suicidas da cidade, as lembranças densas gravadas nos trilhos do trem por debaixo de sua estrutura vinham a mim. Ainda borbulhavam nos ferros do local os restos mortais, o cobre sanguíneo, o sódio da lágrima, o bolo de aniversário mal digerido no gramado após as vísceras explodirem com a queda. Um sem-número de pessoas desconhecidas, cujas identidades são tão rastreáveis.

Continuo a caminhar farejando as novas descobertas. O horário do expediente se encerrava e o trânsito minguava a cada quarteirão.

Ao longe, a casa se revelou. Não poderia apenas tocar a campainha e perguntar, "Oi, lembra de mim? Você passou algum vírus mutante para mim. Posso entrar para conversarmos?", ou adotar minhas técnicas de *parkour* abandonadas na época da adolescência para saltar o portão e saltitar por uma janela.

Pela rua, apenas um casal na calçada oposta à casa em suas respectivas cadeiras de praia para apreciação do movimento do litoral de pedra araraquarense. Um cochilava com um celular em cima do peito e o outro olhava para os cantos da rua na caça por uma fofoca ao mesmo tempo em que jogava pedacinhos de pão para um mundo de pombas, um exército particular de ratos alados.

Aproveitando o entretenimento dos vizinhos, cabisbaixo, me aproximei pronto para saltar o portãozinho e invadir a casa percorrendo o jardim lateral. Alguns carros passaram. A cada veículo, a vizinha merendeira de aves levantava a cabeça e os acompanhava. Cada motoqueiro de aplicativo era fitado pelo radar humano.

Já de frente para a casa das cores pulsantes, ensaiei erguer uma das pernas para ultrapassar a grade a tempo de um ônibus passar, quando um arrepio congelou a nuca e manteve a perna travada no ar com joelho semiflexionado. Não era um derrame. Em movimento inédito, minhas orelhas miraram para os fundos da casa e, por instinto misterioso, minha musculatura me jogou para trás, me retraindo na frente da casa ao lado, em posição fetal.

Antes de digerir o movimento involuntário, os pombos se agitaram em um turbilhão de penas. Uma das aves, manca e com olhos forrados de tumores, tentou iniciar um voo mocorongo e de pronto foi interceptada por um vulto amarronzado rasgando-a ao meio. Uma pomba mais valente avançou com suas patinhas deformadas e desapareceu em um emaranhado de tripas. Em meio à carnificina de pão e pombo, um pinscher parrudo dançava com os dentes à mostra abocanhando três, sete, nove pombos de uma vez e, da mesma forma que veio, foi para dentro da casa de volta.

— Danadinho sem vergonha, *coitada* das pombinhas! — A senhora dos pães admirou-se rindo com pouca consideração ao massacre e notando a minha presença.

Levantei-me com o instinto amansado, simulando uma falsa admiração pelo ocorrido. Ela continuou.

— Sempre faz isso, não posso dar comida para os *bichinho* que *zaprum* e *bloft*! Mata tudo!

— Aproveitando, sabe onde encontro o Beethoven? Ele mora aqui.

— Acabou de entrar em casa.

— Pode chamar ele para mim? — Utilizaria a vizinha como intermediadora. Ela o chamaria e eu me ocultaria atrás de alguma árvore até pegá-lo desprevenido evitando a escapada.

— Entra lá. — Ela desfez minhas intenções dando os ombros.

— Entrar na casa?

— É vai lá, a Dona Amelinha sempre deixa as *pessoa* entrar.

Movido pelas palavras da rainha do plural, abri o portão baixinho e ingressei na varanda atravessando os pilares coloridos e as cadeiras da frente ainda mais carcomidas. Antes de bater na porta ou procurar uma campainha. Ouvi rosnados. Não era simples raiva animal, também envolvia gemidos e sussurros. Pelas frestas do batente com a porta vazavam hormônios e suor. Só podia estar rolando uma bela foda lá dentro. Seria um antro, uma armadilha para carentes por sexo? A vítima entraria e durante a transa seria contaminada pelo vírus desgramento? E o que os golpistas ganhariam em troca? Ah, claro. Cobrariam fortunas pelo antídoto! Minha vida era uma arapuca digna da Sessão da Tarde.

A revelação exigiria outra abordagem, só me restando camuflar pelo terreno esburacado da lateral da falsa casa *good vibes* e flagrar o golpista. Margeando com passos contados, a terra cavoucada se alternou com trechos de pedras finas e bambus.

Havia uma lagoinha artificial em meio ao círculo de arbustos aparados perto de uma estátua de um Buda gordo, o fluxo da água fazia girar um pequeno moinho. Mais um trecho com areia, agora com um microrrastelo, um Buda magro todo esticado e algumas vitórias régias no chão despedaçadas.

Naquele trecho, a casa contava com quatro janelas, todas entreabertas. Bastaria espiar por uma. Próximo à primeira, espiei por trás de uma cortina de cristais rosa. Um fétido aroma de capim-limão corroeu minhas narinas e o rosnar pareceu mais próximo. Presenciei novamente o local da foda tão desarrumado como antes, só se diferenciava por uma música ambiente com cítaras e ondulações nascidas de incensos acesos perto do peculiar enfeite com olho humano. Contei mais uns três ou quatro budas nos cantos, além de um quadro de uma galera magrinha em posição de meditação. Terrível pesadelo.

Segui para a próxima janela quase tropeçando em uns vasinhos devorados com algumas espadas de São Jorge. Ruídos estavam mais altos. Gemidos pulsantes indicavam um movimento de força, alguém grunhia. Cheiro de saliva. Espiei mais uma vez, prestes a presenciar o sexo com mais uma vítima daquela sexy emboscada e me deparei com um enorme pinscher devorando os pobres pombos.

Cercado de penas e tripas, o animal estava deitado em cima das aves, algumas ainda com vida tentavam sair debaixo de suas patas, sem sucesso.

Não era o mesmo cachorro de olhos vítreos e focinho branco, e, sim, um mais jovem, maior e musculoso, com flagrante selvageria. Entre bocadas, as pombas iam sumindo. Uma delas, tragada pela cabeça, foi deslizando pela garganta do cachorro, deixando por último as patinhas traseiras para o alto. Descendo, descendo, escaparam alguns pedaços de pão mal digerido e milho gotejando da cloaca.

A porta se abriu, adentrou uma senhora de seus aproximados sessenta anos, longos cabelos brancos, com uma bata desbotada. Chegou de pés descalços próximo ao cão faminto para sussurrar algo em seus ouvidos, deixando ao seu lado algumas raízes arroxeadas. Um tipo de bruxaria ou encanto?

O bicho a fitou e começou a brincar com as aves agonizantes ao seu redor. Jogou uma cabeça para o alto, uma espinha para outro canto. Na festa de penas e sangue, o cachorro tremeu em uma discreta convulsão, esticou-se afastando a pata dianteira esquerda da traseira direita e assim alternando. Alongou-se para frente e para trás, quando as patinhas amarronzadas começaram a perder todos os pelos. Pele e músculos do cachorro se rasgaram dando lugar a um novo revestimento, claro, maior e sem tônus definido. As almofadinhas negras foram substituídas por digitais, as unhas pretas se atrofiaram em unhas roídas; em uma involução crescente, o cachorro ganhava formas humanas. Patas musculosas viraram braços moles e pernas sedentárias, seu crânio se expandiu para uma cara de gente simplória e mal barbeada, o pinto parecido com batom virou uma rola murcha de parcos centímetros. O rabinho curto encolheu-se até virar uma bunda. Eu lembrei daquela bunda!

— Beethoven! — gritei admirado diante do lobisomem enquanto me cagava todo de medo.

Saí correndo, todo borrado com aquela coisa pastosa escorrendo pela barra das calças. Pulei a cerca, mal liguei para os vizinhos, ambos varrendo as penas e sangue da frente da casa. Na minha última tentativa de olhar para trás, presenciei Beethoven saltando pela janela e, sem a intenção de me perseguir, ficou cheirando minha defecada no jardim. Cheirou, fungou, deu uma voltinha e mijou em cima dela.

LÍVIA

A *socialite* voltou do hospital para em casa, pouco a pouco, se desmontar. Apliques dourados, cílios de metros, partes de sua fantasia de shopping espalhadas por ela e recolhidos por mim, um a um em um, saco preto.

Eleonora ressurgiu na forma de minha mãe, sem o afeto e saudades, oca como um cãozinho adestrado. Nossa sincronia estava acabada, o cordão umbilical cortado. Culpa de seus chefes, seus donos.

Se antes meus pais deixavam de prestar atenção em mim por conta de Flavirene, agora me ignoravam pela internação do burguesinho. Ingratos. Mal se atentaram no quanto a *live* rendeu. Milhares de inscritos tanto no meu, quanto no canal da caçula dançante e famosinha. Nosso público adorou a explosão. #espancaoboy e #socaamuriçoca, ambos *trending topics* até serem ofuscados pela notícia da confusão criada em um asilo. Uns velhos amalucados tentaram fugir e acabaram matado um dos internos arrancando suas tripas. "Tripas e pelancas" criou um zilhão de memes.

Meu público queria mais sangue.

Mais emoção.

FRANCISCO

Era lua minguante. Nada justificaria a existência de lobisomem, ainda mais em uma cidade do interior do Brasil onde o máximo de vegetação sobrevivente à invasão dos condomínios são as plantações de cana. Aqui não havia florestas, feitiços ou maldições. E onde estava o lobo? Aquilo era um mero cachorrinho nervoso e bombado. Cachorrinho que me mordeu. Agora era um deles? Um lobisomem, ou melhor, um *pinscheromem*?

Minha doce ex estaria por trás disso? Ela era um deles? Não. Ela recomendou distância da família. Mas sabia que isso surtiria o efeito contrário. Proibir era a pior forma de me atiçar. Lembrei quando ela me apresentou à sua prima. Uma moça bonita, morena, olhos amendoados, aproximadamente um metro e meio de altura, uns cinquenta e pouquinhos quilos, cujo nome eu não fazia a menor ideia. De pronto, Belinha se arrependeu. Adoro mulheres de branco — como açougueiras e mães de santo —, ainda mais com rendas lembrando muito uns daqueles vestidos de botijão de gás de casa de vó. Coisas que nem psicanalistas entendem. Dito e feito. Transei com ela. Belinha não gostou nem um pouco, afinal, estávamos em uma festa de casamento, sua prima era a noiva. Não vi nada demais, pois foi sexo depois do casamento, eu esperei a consumação. De qualquer forma, não devia encontrá-la. Ficaria uma fera ao saber que transei com o irmão.

E aquela velhinha hippie? Belinha tinha me falado que sua mãe faleceu no seu parto.

Amanheceu. Encerrando a noite em claro, dei um gole no café solúvel gelado. Saudades da cafeteira agora devorada perto do box do banheiro. Não poderia ficar nervoso. Apagar novamente era impensável. Na geladeira tombada encontrei alguns maracujás, misturei com uns sachês de chá de camomila vencidos esquecidos no fundo do armário. Não ficaria nervoso. Algumas gotas de antialérgico, esse remédio sempre me derruba. Misturei. O gosto não era dos melhores. O telefone carcomido tocou. Antes de me enervar, atendi. Era minha chefe. Antes de mandá-la para a puta que pariu, ouvi algumas advertências. Descobriram o meu controle do ar-condicionado e o da porta giratória. Antes de mandá-la enfiar a ameaça de demissão no rabo, ela me transferiu de setor por um tempo. Sabe que eu sou o rei das metas. Agora seria um gerente *deluxe*, um administrador de investimentos dos ricaços que vendem a própria mãe se ela render juros. Uma punição ou promoção? Uma forma de me afastar da agência e ainda lucrar comigo. Esperta. Falou para eu pegar minhas roupas e meu celular. Pedi para deixar no estacionamento do banco, precisava evitar contato com Belinha. Antes de explodir em raiva, ela mandou eu estudar o rol de seguros de vida, casa e carro, investimentos, aplicações, poupança, e agendar algumas visitas com potenciais clientes.

Bebi o resto no copo e torci para a mistureba dar efeito.

Jesus olhou para mim com uma cara de pau de quem sabia do meu destino, mas fazia questão de ficar em silêncio, guardando para ele um final trágico ou patético. Ele continuou ali, parado, com seu corpo de madeira afixado em uma cruz igualmente de madeira, exibindo a boa forma de um morto de abdômen bem talhado, literalmente.

Fiquei mais um tempo olhando a cruz, não tinha qualquer efeito sobre mim ou na criatura em que me transformei. Se eu fosse um vampiro, estaria em chamas agora. Subi no altar, reconheci uma pequena caldeirinha prateada e um bastãozinho para aspergir água benta. Molhei a ponta do dedo. Nada. Estava geladinha e nada de me queimar. É, não sou um vampiro. Aproveitei para forçar o bastão de prata contra meu pulso. Não me feriu. Nem lobisomem eu sou.

Uma moça de semblante sério, vestida de um uniforme com a imagem de Nossa Senhora sorrindo surgiu me expulsando gentilmente do altar da igreja. — O evento está ocorrendo nos fundos. — Trazia uma bandeja com canapés.

Abandonei o altar, me aproximando dos salgadinhos cujos aromas meu faro antecipou. Peguei o de camarão e alho. O alho não fez efeito — definitivamente, não sou um vampiro —, e o de camarão no máximo provocaria uma reação alérgica ou caganeira. Continuei mastigando na companhia da moça carrancuda com a santa alegre até o salão de festas aos fundos da igreja, comumente reservado para casamentos.

No primeiro contato ao telefone com a cliente, ela marcou nosso encontro na reunião de uma igreja. Estranhei, não chiei, ricos tem disso. Havia cerca de vinte mesas espalhadas pelo piso de porcelanato polido bege, dispostas no salão paroquial com uma distância entre elas, boa o suficiente para os garçons orbitarem entre cada mundinho particular repleto de ego. Vislumbrei um acervo de desconhecidos ao som de uma sonolenta *Ave Maria* instrumental. Ninguém no local se submeteria a comparecer em uma agência bancária, queriam tudo na boca, e eu estava ali justamente para isso, dar leitinho na boquinha desses grandes bebezões milionários.

Mirei aquelas caras diferentes e iguais entre si. Eram perfumados a ponto de queimar minhas narinas, impedindo qualquer tentativa de reconhecimento. Estranhamente, mais importante que o visual, eram seus cheiros. Da fragrância pessoal vinha a rotina, sexo, alimentação, saúde. Precisei me controlar. Uma garçonete passou perto de mim. Farejei. Por baixo de sua saia, desviei do cheiro da meia soquete encardida, subindo por suas pernas depiladas, deslizei em suas virilhas e naquela bunda encontrei um plug anal. Seu cheiro — da bunda e não do plug — me trouxe sua identificação. Era Zenaide, uma moça que conheci durante um churrasco da empresa. Lembro que queria ser freira. De fato, ajoelhava como ninguém.

Voltei à busca pela cliente, Scarlet, ou Doutora Scarlet Alboransa como repetidamente se autodenominava em suas postagens, conforme uma pesquisa básica nas redes sociais da endinheirada senhora, recém-enviuvada. Ela lutava cirurgicamente contra a força da gravidade, mantendo-se com uma cintura de dezoito anos, mãos jurássicas e semblante felino, gastava bastante em champagne, não para beber, mas para fazer fotos abrindo garrafas e enchendo banheiras. Um mero passeio pela internet me deixou por dentro de seus gostos e intimidades. Engatilhei algumas opções de investimentos condizentes com seu estilo de vida: vinícolas em plena ascensão no Chile, empresas de produtos de informática para *incels* raivosos e uma nova maconha medicinal com toquinhos de LSD.

Seu falecido marido, militar de alta patente, foi encontrado morto vestido de dominatrix em uma boate com soldados vestidos de colegiais japonesas. Como uma vingança além-túmulo, ela ficou com um dos soldadinhos como fiel escudeiro e amante.

Ela me acenou ao longe com uma mão mole de Miss Universo, olhos com lentes cor de piscina, bronzeado conquistado na recente viagem ao litoral de Portugal e farto silicone brasileiro no decote — guardou o país no lado esquerdo e direito do peito, seu marido iria adorar. Ao seu lado, um rapaz com palidez de escritório, mas alinhadíssimo tanto de roupa, quanto de corpo malhado, a ponto de feder esteroides, rosto simétrico, barba desenhada, lábios brilhantes, um bibelô detentor da língua conhecedora dos dotes do casal.

Ocupei a mesa de quatro lugares onde estavam o casal e o terceiro com uma bolsa brilhante. Nos cumprimentamos e antes de pedir permissão para mostrar minhas opções, ela, sorrindo de orelha a orelha, sussurrou:

— Sinto tanta falta de Joelmir.

Não era o nome do falecido, seria o amante anterior? Falhei em minhas pesquisas? Não, não poderia ficar ansioso.

— Gosta de anjinhos de quatro patas? *Doguinhos*, Sr. Francisco?

— Pode me chamar de Francisco, apenas, doutora. Digamos, tenho um contato bem próximo com esses lindos peraltas.

— Bom saber, Francisco Apenas. Então sente minha dor — e passou a um choro tímido em suas feições contraditórias. Sorriso largo como um filme de terror e sobrancelhas de espanto no meio da testa em uma tristeza sem rastros.

Seu amante apertou minha perna.

— Deixe de ser boba, querida. Faça como eu, adote dois — interrompeu uma mulher, aparentemente irmã de sorriso, aproximando-se por trás agarrando os ombros de Scarlet. Eu não saberia dizer como estava seu humor, pois o resultado da plástica nela era que o mesmo da minha cliente.

— Adorava meu Joelmir, Brigite. Buldoguinho lindo, francês, premiado, com pedigree.

— Já falei para você superar — Brigite ordenou. — Eu superei. Nada melhor do que ajudar os necessitados. Adotei dois lindinhos, não estão aqui comigo, claro. Contratei uma babá para eles. Mas são uns amores.

— E qual a raça dos seus, Doutora Brigite? — arrisquei uma aproximação para pegar outra cliente.

— Os meus são do Zimbábue, mandei trazer. Novinhos, lindos e obedientes. O menino tem sete anos e o outro é uma mocinha de quatro aninhos. Super dóceis. E não me chame de doutora, sou juíza aposentada, é Excelência — Dirigiu-se de volta à amiga chorona e perguntou quem eu era.

Fui apresentado por Scarlet como seu administrador de investimento exclusivo, algo que chamou mais a atenção do que a bolsa importada deixada sobre a cadeira e o amante malhado me olhando mordendo os lábios.

— *Hello*, não me chamaram para o *meeting*? — Apareceu uma terceira mulher sorridente com um chihuahua a tiracolo. Era um machinho castrado com cara de pirado e vestido de Godzilla.

— Au, au, au — latiu rouco deixando a língua tombada para o lado. Anunciou que minha invasão no seu território estava sujeita a graves consequências.

O ignorei — *devo me controlar* — e me apresentei à recém-chegada.

— Oh, *yeah*! Eu *love it*! Minha esposa adora variar renda, essas coisas cheias de cálculos, juros, planilhas. *Blergh!* Estou *out* disso. Ela puxou essa mania de *money* com a mãe dela. E essa bolsa, Scarlet?

— É de uma S.A. de capital aberto — interpelei a resposta —, não sei se as senhoritas sabem. Posso providenciar um investimento, se tiverem interesse.

As três ficaram mudas em suspeita de quem daria o primeiro lance como um duelo de faroeste, seus cenhos franzidos ao máximo que o Botox permitiria.

— Au, au — o microGodzilla me chamou de aproveitador, repetiu as ameaças, comeria todas as minhas fezes desaparecendo com meus rastros.

— Auuuuuuu — escapou um latido longo alto o bastante para cobrir a Ave Maria repetida pela vigésima vez. O salão me olhou, pela primeira vez vi o padre, um senhorzinho de batina fazendo um sinal da cruz. Precisei responder à altura ao cãozinho. Expliquei com meu latido que iria arrancar o dinheiro de sua dona e ele teria de se prostituir para garantir sobras de marmita para viver.

Seria a hora de sair correndo? Correr de que forma, humana ou animal? Arrepiei.

— Eu *love* seu *personal* gerente, Scarlet! Quero ele para mim.

— Não se eu puder impedir! — Brigite tomou o lugar da bolsa, sentando-se na quarta cadeira, quebrando o clima de espanto com gargalhadas de gralhas.

— Eu também quero. — O amante subiu a mão até minha virilha.

Durante o duelo de vaidades, bati a meta e garanti metas para três anos. A reunião organizada pelo padre para angariar fundos dos ricaços da cidade para a construção de um puxadinho para aulas de crisma deu lugar a um festival de contratos assinados. Até a falida *franchise* de paletas mexicanas orgânicas foi ressuscitada.

Ao final, como todo dinheiro do mundo ainda é pouco, conversei com a mulher cujo cachorro evitava me olhar em franco sinal de rancor.

— Lembro que a senhora…

— Senhorita ou *Miss*.

— A *Miss* comentou sobre sua sogra. Eu gostaria de oferecer meus serviços a ela.

— *Good idea*. Ela é uma *beautiful crazy woman*. Acho que será ótimo para ela receber sua visita. Vou te passar o *address*, é pertinho daqui, uma *german* pousada da melhor idade, um recanto *marvelous*.

— Um asilo.

— *Yeah*.

— Qual o nome dela?

— *Look for* Fátima.

DOMINGOS

— Reginaldo está com o filho no inferno, Valdir quebrou o fêmur graças à queda ao ser imobilizado pelo enfermeiro gigante e a maluca da Fátima continua comendo seus lápis de cor como um castor retardado. Todos estão melhores do que eu aqui, sendo espionado por um filho da puta.

— Falou comigo? — O enfermeiro novato me encarou, dividindo as atenções com o celular.

— Não, estou falando com a sombra da minha filha. Só eu não posso ser um pirado neste depósito de cadáveres vivos? Falando em filha, quanto a desgraçada pagou para eu não ser expulso e você ficar no meu cangote o dia inteiro?

— O bastante.

— Filha da puta. Me leve ao menos para a sala de estar. Posso ver o povo morrendo, um ou outro engasgo, e pensar em outro plano de fugir daqui.

— Como o senhor quiser. — Levantou-se, me guiando em uma cadeira de rodas na qual eu era obrigado a "permanecer sentado ao máximo para não me cansar".

— Eu esqueci como esse local é medíocre. Ainda bem que hoje não trouxeram nenhum daqueles cachorros idiotas. Labrador, Golden, dane-se. Bichos que só prestam para serem penteados. Quem se contenta com isso? E que música é essa? Hino do Terceiro *Reich*?

— Deve ser, sei lá.

— Me leve lá para aquele canto sem ninguém, perto da janela.

— Está fechada, não tem como abrir.

— Não perguntei, me leve para lá, vou tomar sol até ter um puto melanoma e morrer. Só assim eu saio daqui. Em uma porra de carro de IML.

— Temos convênio com um cemitério da região, seu plano cobre assistência funerária.

— Vá para o inferno. Pode me deixar nesse canto. Isso. Daqui, todos parecem mais desgraçados ainda, colocaram alguma coisa no mingau desse povo? Olha, formaram um grupo em volta de uma mesa. Cada um com um cano de papelão. Bando de estúpidos, isso não serve de nada.

— Vão encher uma bexiga e lançar no meio do pessoal. O desafio é deixar o balão sempre no alto. Estimulação cognitiva, sabe?

— Estimulação cognitiva na minha época era uma boa e velha punheta.

— Vamos para lá.

— Não se atreva, filho da puta.

Ele se atreveu e fui enfiado entre os oito prisioneiros. Colocaram um cano de papelão em minha mão. Testei na cabeça do refém ao meu lado, não era duro o bastante para machucar. Ao som da música alemã, uma moça alegre demais para ser assalariada — talvez estivesse drogada — jogou uma bexiga azul para o alto. De pronto, o grupo se movimentou e o objeto foi golpeado por uma refém de cabelos roxos na direção de um sujeito com o cano como monóculo deixando a bexiga cair na mesa.

— Não tem problema, pessoal. Vamos lá! — Jogou mais uma bexiga, desta vez, na direção de uma refém de traços orientais e batom negro. A japa acertou a bexiga fazendo-a rodopiar pelo ar. Agora estava vindo na minha direção. Não sou uma criança ou um inválido para me divertir com isso, não entrarei nesse joguinho besta, esse passatempo para quem não tem mais tempo, não serei obrigado a me envolver com esse deplorável povo idiota.

— Muito bem, Seu Domingos!

Mal vi e tinha acertado a bexiga. Recebi os parabéns de uma refém banguela e as palminhas sem som de um bobão com respirador. Mais uma bexiga subiu, desta vez vermelha. Os dois alvos flutuavam. Me peguei desejando-os. Estourar ou golpear. Não acertei nenhum, quem o fez foi a senhora sem dentes. Ela parecia interessante, tanta gengiva pode ser um ponto positivo.

Bati palmas em comemoração ao golpe dado por um companheiro. Mais bexigas apareceram e em câmera lenta aguardaram movimentos mais lentos ainda.

— Parabéns, Domingos!

— Parabéns, você, minha querida — respondi com palavras que nunca foram minhas.

Perdi a conta de quantas bexigas foram soltas. Golpeei cada inimigo na forma de plástico com recheio. Recheio não de ar, mas de pesar. Pesar por tudo feito e não feito por mim.

As bexigas sumiram e foram espalhados papéis coloridos na mesa.

— Fechem os olhos. Vamos lá. Podem deixar os caninhos na mesa ou no chão. Agora fechem os olhos, bem fechadinhos como um *casulinho*. Entrem na mente e vejam quais sensações, quais sentimentos estão ali. Tristeza, alegria, solidão, afeto. Olhem à distância, não precisam se aproximar do sentimento. É só saber quais estão ali, guardadinhos no fundo, no fundo da cabeça. Vou baixar a música e deixar vocês sozinhos por alguns minutos. Continuem. Vamos chegando como crianças curiosas. Isso. Olhos bem fechados para ver melhor. Encontraram? Muito bem. Agora todos podem abrir os olhos. E peguem um papel com a cor de seus sentimentos. Isso. Agora peguem um papelzinho. Todos pegaram? Sr. Armando, não é para mastigar. Isso. Qual é a cor do seu? Muito bem. Encontre alguém com a mesma cor. Xi, a dona Inês dormiu. Cada um pega uma cor e procura quem tirou a mesma. Companheiros de cor. Conversem sobre o que levou a pegar o papelzinho.

— Peguei o papel preto — sussurrei esperando ficar sozinho quando o sujeito do monóculo de papel se aproximou com o dele. Estava entrevado na cadeira de rodas, trazendo uma bengala sobre as pernas finas como palitos, acostumadas com a ausência de movimentos.

— Somos dois pretinhos. Me chamo Aderson.

— Lado negro da força, Aderson. — Odiava estar ali, odiava minha prisão, odiava minha filha.

— Por que escolheu essa cor?

— Problemas familiares. E você?

— Mingau sem gosto.

Estava diante de um endinheirado manhoso. Manhoso e besta, o mingau dado pela manhã era melado, quase um passaporte instantâneo para diabetes. O reclamão continuou.

— Sabe como é — batucou a própria cabeça com o cano de papelão —, minha caixa d'água está com uns probleminhas. Perdi as pernas, agora perdi o paladar. Mas ainda pretendo voltar a usar a Anitta aqui. Minha bisneta batizou minha bengala.

— O alemão te pegou?

— Quem?

— Alzheimer.

— Não, não.

— Esclerose?

— Tumor nos miolos. Dos brabos. O bicho tá calminho agora. Dou umas balinhas. Cada vez mais. Bicho guloso. Sabe como é. E você?

Eu não estava biruta, o alemão não me pegou, sem tremedeira ou derrame. Até o momento havia escapado da doença na cabeça do colega. Responderia que me largaram? Minha filha me abandonou para poder viver? Eu era o tumor na vida dela. Meu peito apertou e não era o coração, meus lábios se moviam sozinhos e não era derrame, ardência nos olhos; prestes a chorar, estendi a atenção para fora do grupo da mesa.

— Quem é aquele ali entrando? — perguntei ao companheiro de atividade. Ele não o enxergou. — Lá, lá na recepção. Está com uma pasta, está perguntando para a moça da recepção. Qual o nome da atendente mesmo?

— Não faço ideia.

— Eu o conheço. Um advogado, agente funerário?

— Deve ser um parente.

— Não mesmo. A parentada costuma vir cheia de presentes e idiotices para suprir a falta de atenção ou sentimento de culpa.

— Você é psicólogo?

— Sou honesto. Olha lá, olha lá. Ele saiu da recepção, está indo na direção da doida, está falando com a Fátima.

— Deve ser filho dela.

— Não, ele chega a encostar nela. Filhos têm nojo dos pais nessa situação. Olha lá, está abrindo uma maleta, trouxe mais lápis de cor e alguns papéis. Muito simpático, não pode ser filho dessa pirada. Eu o conheço de algum lugar.

Era a bichinha do banco, o responsável pela minha prisão. Parecia contido, como se estivesse sofrendo uma prisão de ventre. Não era o mesmo dono da porra toda como naquela agência. Estava comendo pelas bordas tentando convencer a "papa lápis".

Chamei o enfermeiro-carrapato de volta ao meu lado e o puxei para perto da minha boca.

— Mate a curiosidade deste pobre ancião, dê uma espiada para mim o que está acontecendo lá com a Fatiminha. Minha filha comentou com você? Sabe que sou podre de rico, não é?

— Podre é com certeza — o enfermeiro sussurrou se afastando com o foco dividido entre a putaria no seu celular e a desconfiança em mim. Fátima mastigava um giz de cera e assinava alguns papéis para o gerente filho da puta, ao mesmo tempo que o canalha fazia cafuné nela como melhores amigos. E logo o enfermeiro voltou ao meu lado. — São umas coisas de banco. Investimentos, ações, essas coisas.

— Maravilha! — disse ao enfermeiro, que se espantou com minha falsa feição amiga. — Só mais um favorzinho a este moribundo, chame o engravatado para vir aqui, talvez tenha algo de meu interesse. Uma última alegria nesta vida cheia de percalços.

— Tá. — Voltou ao encalço do desgraçado e sussurrou. O viadinho sorriu satisfeito, conquistaria sua próxima vítima.

Após alguns minutos ele veio na minha direção, não me reconheceu; estou com dois cones nos olhos fingindo ser um binóculo, um era meu cano e o outro do Aderson, o Sr. Cabeça podre, ainda ao meu lado.

— Olá, meu chamo Francisco. — Estendeu a mão. — Sou administrador de investimentos. Gosta de apreciar paisagens. Podemos conversar? Temos investimentos em rede de pousadas com ótimos mirantes...

Larguei os canos de papel para capturar sua mão.

— E se eu investisse meu braço no seu rabo, filho da puta?

— Não renderia juros. — Tentou puxar a mão de volta sem sucesso.
— Lembro de você.

— Sou o puto do contrato de merda. — Abandonei sua mão para capturar a bengala de Aderson. Rasgando o ar, acertei o canalha atras dos joelhos desequilibrando-o ao chão para me jogar contra seu pescoço. — Você me enfiou neste lugar, agora vai me tirar. — Com o pouco tempo na cadeira de rodas minhas pernas se esqueceram como andar. Joguei o meu peso contra o desgraçado, que era forte o bastante para se reerguer.

— Sr. Domingos, pelo amor de Deus, larga o moço — a enfermeira pediu sorrindo. Maldita alegria incômoda. Por pouco não fui abduzido pela molenguice. Para o inferno todos eles!

— Não cheguem perto, filhos da puta! — Empunhei a bengala enquanto esganava o sujeito com uma gravata com o braço esquerdo e gritei em seu ouvido. — Bichinha escrota, vamos para fora. Ei, você grandalhão, vai tomar no seu cu. — Com uma bengalada no pescoço, golpeio o enfermeiro-carrapato que tentava se aproximar. — Sua Anitta é ótima, Aderson.

Meu ex-companheiro de confissões acenou positivamente de sua cadeira de rodas, ele entendia minha libertação.

— Largue... largue... meu...pescocho.

— Pescocho? Tira a rola da boca antes de falar, vamos para fora.

Um dos reféns do asilo, um pastor aposentado, veio sorrateiro do meu lado tentando me imobilizar. Grande idiota, levou uma bengalada no lado da cabeça para acelerar seu encontro com o Criador.

— Já liguei para a polícia! Estão vindo! Esse aí não vai mais machucar ninguém! — gritou a atendente da recepção cujo nome eu ainda não lembrava.

— Vamos com o Domingos! — alguém da mesa de papéis coloridos gritou.

Alguns reféns tomaram partido e começaram a atirar peças de dominó contra os enfermeiros, a japonesa tombou a mesa, outro começou a gritar, mais um capturou o extintor e o segurava tentando descobrir como acioná-lo, e dona Inês ainda dormia. Cada um de sua forma lutava uma guerra já perdida, ainda assim, serviam de distração para eu poder guiar o bancário para fora do local.

— Sholta... me sholta — rosnava em uma forma fresca de falar. Parecia mais forte apesar de aparentemente diminuir de tamanho.

— Vem comigo, filho da puta.

Uma dor intensa no braço me obrigou a largá-lo. Quase de imediato, ele me atirou contra uma das janelas para eu acordar do lado de fora do salão, cuspindo vidro moído no início do jardim. O viado me mordeu! Filho da puta! Arcada dentária formada em sangue na minha pele flamejava. Formigamento quente correu pelos ombros, pescoço, cabeça. Desmaiei, acordei zonzo, zonzo.

Implodo dentro de mim

e explodo para todos.

Todos fedem,

todos fazem barulho.

Doenças gritam.

O tumor pulsante,

a febre fervendo,

o coração falhando.

Sinfonia da morte!

A polícia já está chegando,

os enfermeiros se reagrupando.

Arrepioh.

Nunca me senti melhor.

FRANCISCO

Domingos tinha gosto de atum.

Seu sabor ainda ressoava na minha língua enquanto os enfermeiros do asilo saíam correndo atrás dele pelo matagal e os policiais militares recém-chegados me cercaram. Se eu fui a vítima, por que era o alvo? Eram seis fardados banhados a dopamina, ofegantes com suas armas tremendo na minha direção, dentre eles, duas mulheres ovulando, um sujeito com câncer na garganta, um resfriado, outro que comeu carne malpassada e mais um com gases. Não ousariam disparar, o ambiente era filmado e frequentado por grã-finos brancos.

Respirações afoitas. Seis fontes de suor. A carne dos policiais era salgada e temperada de colesterol.

A mistura de maracujá, remédio e chá vencido foi um fracasso.

Câimbras permearam minhas extremidades.

Tentei falar algo,

da garganta só

grunhidos.

Cadeira de rodas.

Abracei minha angústia.

Envolvido em meus braços pulsantes.

Ódio cresceu.

Uma atendente escondida atrás do balcão também ligou para os bombeiros,

outra veio ao seu lado e

cochichou se não seria melhor ligar para
a carrocinha.
Senti o cheiro da saliva de uma,
na virilha da outra.
Mais viaturas chegaram,
queria latir para as sirenes,
morder os pneus.
Drogha.
Não possoh.
Algo saiu pela porta de um quarto no final do corredor,
bem nas costas dos policiais,
mas mal perceberam.
Não tinha ideia do que era,
talvez algum objeto, um brinquedo, uma bolinha.
Tentação.
Tinha cheiro convidativo.
Queria morder, agarrar, brincar, destruir.
Persegui o objeto tentador
deixando os policiais para trás.
O alvo era um biscoitinho em forma de ossinho
Delícia.
Mas era só meu, só meu, só meu.
Entrei no quarto
Os policiais não se aproximaram da porta,
ainda tomavam coragem.
Algo pulou pela janela, quicando, quicando, quicando até meus pés.
Não era outro biscoito. Algo redondo e vítreo.
Um olho.
Saltei,

saltei,

saltei,

do lado de fora, pela janela, vi Belinha.

Caolha, ela sorriu:

— Precisamos conversar.

Seus músculos brilhantes exalavam whey, creatina e albumina.

Belinha me aguardava nua às margens do jardim.

Adoraria fodê-la,

deixando-a de quatro na grama recém-aparada.

Transar freneticamente.

Gozar fundo preenchendo-a.

Sexo violento e intenso

de três minutos.

Ao final,

ficaríamos de costas,

bunda com bunda por quase uma hora,

até meu pinto murchar e sair gotejando de sua xota.

Ela abriu minha boca e jogou algo dentro. Algo insosso, cápsulas com gosto de algum mato.

— Engula isso. Nada de cuspir, vamos. — Segurou meu focinho, tampou as narinas, obrigando-me a descer com aquelas cápsulas pela garganta. — Vamos. Isso. Bom garoto.

De volta à forma plenamente humana, fui guiado até uma moto estacionada perto de um casebre onde eram guardadas ferramentas de jardinagem.

Devolvi o olho de vidro.

— Então aquele enfeite na casa do seu irmão...

— Era um pagamento para sair da matilha, e você me obrigou a me reaproximar dela. — Abriu o baú na parte de trás da moto, oferecendo roupas para mim. — São suas, deixou em casa da última vez que viajamos juntos. Ainda sabe pilotar moto?

— Não vem comigo?

— Só depois de pegar o cara mordido. Você já é um problema, não preciso de outro.

— Ele vai virar... o que eu virei? Um tipo de lobisomem estressado?

— Lobisomem, licantropo, *Hulk* canino. Escolha qualquer um.

— Então eu devia ter virado um lobão bípede como nos filmes e não um...

— Pinscher. Isso é parte da evolução e sobrevivência. Parte dos lobos foi domesticada e acabou virando esses cãezinhos babacas, não é? Bem, parte dos lobisomens também teve que evoluir. Não há mais espaço para lobos gigantes na sociedade atual.

— Então aquele papo de lua cheia...

— Balela de Hollywood. E nada disso teria acontecido se você não tivesse se metido com meu irmão.

— Foi só uma transa esquecível.

— Foi ele quem te mordeu, Francisco?

— Só chupou.

— Responda, seu babaca!

— Ele não, só o cachorrinho velho dele.

— Mulher maldita.

— Mulher? Então a *hipponga* era o cachorrinho?

— É fácil de entender depois de pegar o jeito.

— E como eu me livro disso? Dessas transformações? Agora entendo o sotaque ridículo do seu irmão. Tanto "h" nas palavras. Cherejah. E o pensamento vai ficando curto. Frases breves, palavras encolhidas e malfaladas. Pareço um escritor contemporâneo sem conhecimentos de gramática. Vou ficar assim para sempre?

— Por enquanto, tome uma cápsula dessas a cada duas horas. — Entregou um frasco. — A quantidade que você tomou vai te derrubar por horas. Vá para minha casa. Descanse e me espere.

DOMINGOS

— Belezura de rola. Firme forte para frente e para cima! Posso meter em uma parede. Maravilha de ereção. Saudades. Meu saco também, tão esquecido, ganhou volume, arredondado, firme, consistente. Tesão no corpo ainda frenético. Minha perna está nova, não sinto dores, cutuco o machucado já cicatrizado. Estou a mil, melhor impossível. Não sei a porcaria transmitida pela bichinha, mas gostei. Gostei muito. Como foi tranquilo escapar daqueles enfermeiros, eram apenas gigantes gordos e lentos, se bobear, mal me viram. Pensando melhor, não devia ter fugido, mas encarado um a um, ou todos de uma vez, explodido a cabeça de cada um daqueles bostas com meus dentes. Dentes diferentes dos de agora. Lembro de outros mais afiados, mais fortes. Meu corpo era outro, infinitamente melhor, movido pelo ódio. Não faço ideia do que me transformei, um demônio ou uma porra de monstrengo. Gostei muito, muito mesmo. Era só mentalizar, odiar, focar e bum! Feito. O asilo estava longe. Estava escondido em uma construção abandonada, não sei quanto tempo ainda conseguirei me esconder, pelado e sem comida. Falta pouco para a noite chegar e o local ser invadido por vagabundos drogados. Há tantas seringas e pinos de cocaína pelo chão. Vale a pena aguardar e render um deles? Não preciso me rebaixar a tanto. Posso ir para casa, minha casa. Basta eu me concentrar.

Minha casa me aguardava

sem filha enchendo o saco,

sem perseguições

Finalmente a liberdade

Destruiria os obstáculos

e cada um que me perturbar.
Cada filho da puta,
Um a um
Nunca estive melhor
Marina, minha filha.
Filha da puta.
Era só deixar o ódio fluir, fluir
Como odiava tudo e todos
Delícia poder explodir em si mesmo
E destruir
thudo.

Meu lar foi surrupiado pelo maldito italiano. Marina, filha desgraçada, aproveitou a internação para atendê-lo. Se desfez de mim e da casa onde cresceu. Vagabunda ingrata.

Minhas paredes estavam destruídas para a expansão da área de lazer do vizinho. Tralhas de pedreiros espalhadas pela minha sala, minha cozinha, meu banheiro.

O início de obras era motivo de festa. Do meu lado, a destruição. Do lado de Enzo, enfeites, bexigas e preparativos da confraternização prestes a iniciar.

Pelas ruínas, me escondi. Queria todos para comemorar comigo e desta vez não reclamaria. Através das sombras farejei a essência de cada convidado, por onde estavam, qual perfume ou doença carregavam. Povo fedido trazendo salgadinhos, maioneses, cerveja barata, pratos azedos encharcados de tempero para disfarçar, alguém tinha cirrose, outro estava com o nariz congestionado. Quando precisava me esgueirar para escapar de algum festeiro curioso sobre o novo espaço em construção, bastava um pensamento profundo, o corpo ruía e me teletransportava. Peguei gosto. Durante a transformação, ampliava a visão e a vontade de destruir, um tesão puro, inédito na minha vinda descartável.

Deixei de ouvir a movimentação de veículos pelos arredores do quarteirão, indicava que todos os convidados tinham chegado.

Mirei em uma gentalha dançando embriagada perto do muro destruído.

Reconheci a tia dos salgadinhos infinitos,

ela andava com uma bandeja ao lado de uma moça alta de ossos largos.

Era hora de agir.

Foquei o pensamento na existência daquele tipo de gente

mal-educada e chula,

meus músculos retesarem e o espetáculo começou.

A imagem de Marina piscou em minha mente.

Repulsa.

Chego nas duas, foram as primeiras a me repararem.

"Esse salgadinho é do quê? Tem gosto de azeitona. Adoro azeitona.", "É de salpicão. Frango". "Ah, era a minha segunda opção", "Meu *deusdocéu*, que coisa meiga esse Yorkshire", "Não é York não, boba. É pinscher.", "Graúdo desse jeito? Bichinho nervoso, olha como treme".

Apenas um salto no pescoço da tia dos salgados

e a jugular robusta estourou

como uma fruta madura.

Sangue viscoso e salgado.

A moça alta tentou fugir.

Arranquei os tendões de seus tornozelos.

Ela beijou o chão de concreto.

Rasguei suas coxas,

mastiguei sua nuca.

A tenebrosa música sertaneja encobriu os gritos.

Deslizei para a piscina.

Onde todos estão distraídos.

Em minha nova forma,

submerso,

mordo, rasgo, devoro,

me deixei levar

pelo gosto de álcool

em

suas

tripahs.

Voltei ao normal no momento desejado. Estava ficando bom nisso. Pelo chão, muitos ossos com poucas carnes e pedaços de pele forrando o gramado. Em minhas mãos ainda estava meio torso de um recém-nascido, um legítimo *baby beef*. Ainda assim, meu petisco principal não estava perto.

— Enzo, vem pra festa, meu velho.

E ele veio, vestido de Super-Homem, cabelo brilhando do banho recém-tomado e perguntando sobre o porquê de toda aquela gritaria. De todos, apenas eu, o não convidado, poderia responder.

— Aquele ali é o seu neto, não é? — Nu e banhado de sangue, apontei para o corpo debruçado na piscina — Ele tem gosto de mocotó, uma desgraça. E a outra ali, perto da churrasqueira pegando fogo, é quem mesmo? Sua esposa, se não me engano.

Ele não respondeu, apenas levou a mão à boca e ao coração, alternando e fraquejando. Sequer esboçou defesa. Decepcionante. Covarde.

— Decida-se, vai gritar ou ter ataque cardíaco? Não vai me chamar de Sábados? Eu te chamaria para festejar comigo, mas você não é ágil o bastante. *Te* falta ódio, seu palerma. Vai enfartar, é isso? Parece tão branco, pálido. Pare de andar para trás. Não fuja. Onde está a resistência dos seus exercícios, Super-Homem? Vai pedir ajuda da minha filha para me tirar daqui? Grite, vamos. Grite, filho da puta.

Agarrei suas orelhas trazendo do seu rosto em frente ao meu.

— De quem é essa casa que você quer destruir? Vai continuar quietinho? Não adianta se ajoelhar não. Não tem ninguém para ouvir suas

orações. Apenas eu. Enxugue essas lágrimas, seja homem. Vai continuar mudo? Vou
    te dar
    uma razão
    para
    grithar.

FRANCISCO

Com gosto de saliva azeda entalado na garganta e olhos lacrados por remelas, despertei na cama de Belinha, local de tantas transas.

Não havia sinal de destruição no apartamento. Tudo organizado. Roupas íntegras. Sem mijo pelas paredes. Pelo reflexo da janela, minha cara era a mesma de sempre, sem focinho, sem caninos. Remedinho dos bons. Peguei o frasco deixado no chão trazendo-o na altura dos meus olhos: cápsulas de tília.

Tília.

Era disso o chá de Beethoven, bebida responsável por dar fim ao sotaque esquisito, e bem provável que fora o responsável por evitar a transformação que dava sinais durante nossa estadia na padaria.

Na mesa da cozinha havia um bilhete:

"Fiquei com dó de te acordar. Estava dormindo tão bonitinho, babando. Vou pegar um plantão noturno no banco. Na volta a gente conversa. Se cuida. Comprimido a cada 2 horas. Ainda te amo. (os. Não consegui pegar o cara)."

Andei pelo apartamento com ares de tranquilidade há muito desconhecidos. Acomodado em um sofá, pelo computador de Belinha, acessei um site de notícias. Má escolha, as sempre péssimas notícias políticas. Não poderia ficar nervoso. Mudei para eventos na cidade, sensacionalismo flagrante. Há uma matéria sobre uma garota fortona socando um garotinho mirrado. Achei graça. Arrepiei. Conhecia esse sintoma deliciosamente odioso. Mudei de janela: esportes. Havia uma coletânea de fotos de fraturas de canelas em jogos de futebol. Quão impossível era a missão de encontrar uma boa notícia, uma singela notinha positiva? Sem querer, fui ao umbral da internet, a área de comentários. Esgoto do esgoto. Dei uma olhada na minha conta do *Twitter* e a fechei de imediato, melhor não. Nas outras redes só há propagandas de vitais produtos descartáveis. Havia um produto para beleza. Ideal para "corpos reais". "Corpos reais" é um sinônimo de gente gorda. Ri sozinho.

O algoritmo me apresentou ração de cachorro. Desta vez ele acertou. Sabor carneiro e ervas finas. Achei graça novamente. Que vontade de morder.

Morder e mastigar algo.

Destruir.

Arrepiei.

Sei o que significa.

Corri para o frasco.

"Uma cápsula a cada duas horas".

Planta não faz mal.

Nem aquela dos olhos vermelhos, muito menos essa.

Só queria relaxar.

Na dúvida, um punhado de pílulas me deixaria *de boas* o bastante para maratonar alguma série.

DOMINGOS

Por que Marina sempre aparecia na minha cabeça quando estou em minha melhor forma?

Não era hora de perder tempo pensando em bobagem. Estiquei meus braços, me espreguiçando diante dos malotes de dinheiro. Desta vez, a porta giratória do banco não me perturbou, nem os seguranças. Estes viraram meros enfeites partidos ao meio em cima das mesas dos engravatados. Mal prestaram para tocar o alarme, inúteis bostas uniformizadas. A agência bancária de madrugada chegava a ser agradável. Silêncio. Sem o povo implorando por dinheiro, apenas cheiro de sangue, luzinhas dos computadores e o cofre arrombado.

Restava voltar e reconstruir a minha casa e voltar a comer meus tremoços com tranquilidade.

Ao jogar os malotes nos ombros, ouvi uma moto estacionar nos fundos do estabelecimento. Senti o cheiro. Era uma fêmea. Tinha um aroma diferente capaz de afetar minha respiração. Arrepiei. Que merda era essa? Passos rápidos se aproximavam até surgir uma vigilante na frente do banco. Eu a reconheci, era a grandalhona do dia da confusão. Eu a farejei. Ela me farejou. Seu nariz pulsou. Ela rosnou.

— O alarme silencioso foi acionado. A polícia está chegando.

— Não vou me entregar, vagabunda.

— Não é isso. Quero dizer que tenho

pouco tempo

para

teh mathar.

FRANCISCO

    A única regra era ficar no meu quarto enquanto tinha gente estranha na sala. Apenas isso e nada mais. Passado o período, poderia voltar ao Super Nintendo e jogar até as vistas sangrarem. Demétrio, meu primo, foi à entrada do quarto e revisou a única regra. Acenei positivamente, não havia como discordar, ainda mais vendo-o em estágio de "sublimação", como gostava de dizer. Agora era Kamyla — escrevia com k e y —, um ser loiro e elegante, de pernas finas e atléticas; de mero humano, transformou-se em um girassol resplandecente revestido por um tubinho azul cintilante realçando sua cintura de ampulheta e recheada de alta cultura, cuspindo frases de Caio Fernando Abreu.

    Porta fechada. A curiosidade me levou à fechadura. Arranquei a chave, mirei a porta de entrada. O cliente chegou. Conhecia o tipo. Cinquentão casado, apressado e envergonhado. Ele mal a cumprimentou e foi tirando a roupa como para um exame médico. Ela trouxe champagne em taças até então desconhecidas, guardadas para não correrem o risco de serem quebradas por mim. O sujeito se acomodou no sofá, levou a taça à boca. Sorriu. Acariciou Kamyla, sem beijar, e pediu para chupá-la enquanto ela cantava algo para ele. Não cantou, preferiu declamar um poema, "Pica-Flor", de Gregório de Matos. Do Boca do Inferno para a boca carente. Ao fim de tantas repetições daqueles versos, o cliente, com o gosto de meu primo na boca, se deitou no chão de barriga para baixo e pediu para ser completado.

    Meu primo o completou por quase uma hora. Tempo para passar seis fases do *Donkey Kong*. Esperei a cena acabar até ficarem abraçados trocando carinhos. A loira fazia cafuné no cliente satisfeito com um sorriso recheado de esperma.

A reclusão obediente era o preço para manter minha estadia em seu apartamento. A cobertura fora dada de presente por um grande empresário do agronegócio apaixonado cujo coração não suportou tanto amor depois de quinze anos de relacionamento e infartou. Passado o luto, Kamyla retomou o emprego abandonado e, neste meio-tempo, me adotou depois de ser expulso da casa de meus pais após ser flagrado transando com um casal de amigos do colégio à base de maconha, quando na verdade mereceria um troféu pelo desempenho.

Pelo buraco da fechadura se passaram casados envergonhados, solteiros afoitos, mulheres curiosas, casais gulosos, turmas desafiadoras para provar meu primo em seu estágio mais puro de sublimação.

"Liberado, vou tomar um banho". Destrancou a porta para a sala sem qualquer resquício de visita.

Após alguns minutos, ressurgiu Demétrio, meu simples primo, com ares juvenis, "Vamos dar uma passada na locadora? Quero pegar o *Entrevista com o vampiro*".

No caminho, esperamos o elevador. Demorava para chegar. Meu primo elogiou minha altura, estava quase do seu tamanho. Sugeriu que eu entrasse no karatê logo após a saída das aulas do colégio. A força da minha preguiça era maior que qualquer golpe. Rimos. O elevador ainda não chegou, estava no térreo. Conversávamos sobre como a morte do Senna conseguiu deixar a Fórmula 1 mais chata ainda. O elevador não apareceu. Apertei o botão mais uma vez. Demétrio anunciou a viagem, fora convidado por um cliente. A cobertura ficaria só para mim durante alguns meses enquanto eles cruzariam as águas gregas. Eu seria novamente abandonado. A porta do elevador finalmente se abriu, mas o elevador não estava lá. Demétrio esticou o pescoço e, antes de perguntar sobre o que teria acontecido, eu o empurrei.

"Caim...caim...caim"

Ganidos me acordaram. Desta vez, despertei pelado em um mar de espuma e mastigando uma mola. Era o fim do colchão da cama de Belinha. Mijo regara todos os cantos do apartamento. Cada espaço vazio era ocupado pela destruição. Louça espalhada pelos cômodos. Tudo arranhado ou lambido, e fezes gotejando do teto.

Quanto tempo passei aqui? Belinha ainda não voltou. Pelas grades da janela, a claridade denunciava o início de tarde.

Tentei abrir a porta. Impossível. Estava toda trancada com um exagero de fechaduras. De corrente a chave tetra. Ao esmurrá-la, o impacto revelou que nem de madeira era, mas de metal.

Voltei as atenções para as grades na janela. Estava no décimo andar. Não havia razão para aquilo. Era impensável para Belinha ter *pets*, ou crianças. Mais do que uma medida de segurança, eu estava em uma jaula, uma contenção. Uma verdadeira gaiola de pinscher!

Belinha, sempre responsável e conhecedora de sua natureza, trancava-se para evitar maiores problemas. Da mesma forma, me aprisionou.

Vasculhei o celular, não havia mensagens dela, apenas uma de um dos milhares de gerentes do banco.

"Será que vai rolar expediente hoje? Olha o *link*".

Cliquei.

"Banco da cidade é roubado na madrugada. Corpos no local parcialmente devorados".

Corpos. Plural. Estaria Belinha no meio deles? Era o plantão dela.

Aqueles ganidos.

Desespero em meu peito se ramificou pelos músculos.

Precisava sair,

Fugir.

Mas como?

Comoh?

LÍVIA

"Há muito não se via tamanha violência. Estamos diante da primeira chacina registrada na história da cidade de Araraquara. Aqui, diretamente do local da tragédia, no bairro Selmi Dei, cerca de dezoito corpos foram encontrados, dentre eles três crianças, um recém-nascido e um idoso, todos carecem de identificação, talvez apenas por DNA, devido ao estado dos cadáveres. O programa Abrigo do Sol teve exclusividade ao local e você, querido amigo, nobre telespectador, poderá conferir em primeira mão".

Dentro do ônibus, acompanhei pelo celular a mais nova ocorrência da cidade sempre sedenta por sangue. O mesmo repórter da entrevista do início da fama de Flavirene aparecia com uma cara fúnebre, disfarçando a alegria do evento com alto potencial para viralizar. Cara sortudo. Nas redes começaram os boatos sobre os tipos de ferimentos encontrados nos mortos, nada de tiros ou facadas, mas marcas de mordidas e rasgos brutais. Alguns chegaram a levantar a hipótese de alguma onça na fuga das queimadas no campo, outros mais, empolgados e fantasiosos, apostavam no ataque de um lobisomem.

"Fomos liberados pela perícia para entrar no local. Aconselhamos a todos discrição quanto às cenas. Quem tiver estômago fraco, recomendo nos acompanhar pelo rádio ou voltar mais tarde. Contudo, antes de mostrar o ambiente da chacina, preciso falar com você que tem chulé. Isso mesmo, um recadinho do nosso patrocinador. Sabe aquele cheirinho de queijo parmesão ou gorgonzola entre os dedos, ou no sapato após um dia de trabalho? Ninguém gosta disso, não é mesmo? É por isso que recomendo o talco antisséptico *Xô Chulé*...".

Quem me dera ter qualquer tipo de patrocínio. Meu ponto de parada chegou. Desliguei o celular justamente quando o repórter entrou na casa dos mortos e passou mal, vomitando no meio-fio. Daí veio outra propaganda.

Caminhei pelo centro da cidade na esperança de me libertar do bloqueio criativo. Pesquisei sobre isso, não sou a única a sofrer. Ainda mais agora como criadora de conteúdo e com seguidores para fidelizar. Tentei ficar na frente da tela em branco do notebook, ouvir música, pegar uma folha de sulfite e riscá-la até a inspiração se manifestar em alguma forma entre os rabiscos sem sentido. Cheguei a acompanhar outros canais. Não para copiar, só como uma leve inspiração. Fazer conteúdo do zero, sem recurso, sem apoio, era quase impossível.

Em casa, eu estava invisível. Ninguém chegou a gritar comigo, mas o silêncio rancoroso machucava. Não sou culpada por quebrar a harmonia da família, não mudei meu jeito de ser, não coloquei um estranho em nossa casa e nem esqueci a filha mais velha — responsável pelo nosso descobrimento pela sociedade e grande mídia.

Logo no início da caminhada presenciei uma batida entre dois carros. Sorte de principiante. O de trás afundou na traseira do conversível destruindo os faróis e a bela carroceria. Comecei a filmar em meio à fumaça do radiador e os pedestres se avolumando diante deste evento quebrando o marasmo da rotina. Fiz uma introdução legal na expectativa de um grande espetáculo ou tragédia humana, torci para uma confusão, algum dos motoristas poderia partir para a porrada, ou melhor, estar armado. Briga de trânsito com morte a tiros, ou ocorreria o disparo para outra direção acertando um desavisado. "Bala perdida acerta trabalhador em rua movimentada". Não, é melhor "acerta mãe". Não, "bala perdida acerta criança negra, obesa, pobre e gay após se recuperar da quimioterapia". Perfeito! Finalmente, ambos os motoristas saem dos respectivos carros e se cumprimentam. O de trás entregou um cartão com seu contato. Li em seus lábios um pedido de desculpas. O sujeito do conversível acenou em positivo com a cabeça. Trocaram números de celular e conduziram seus veículos para aguardar o guincho em uma rua periférica com menor movimento. Azar de principiante.

Se o evento não ocorresse espontaneamente, criaria à força. Poderia gravar um segurança me perseguindo entre as araras de alguma loja de departamento, ou ir a alguma butique e pedir para ver alguma joia só para gravar a cara azeda da vendedora dando alguma desculpa esfarrapada com recheio racista, ou esperaria ser abordada em um shopping com o tradicional por qualquer passante "Você trabalha aqui?", eu responderia perguntando se tenho cor de trabalhar ali. Mas seria tão óbvio, tão fácil, tão corriqueiro, não geraria engajamento algum. É mais do mesmo, sem efeito, sem resultado.

Pelo comércio popular da Rua Nove de Julho, nada além de gritaria, tralhas Xing-Ling e povaréu. Nada além da mesmice. Pensei no novo percurso a tomar, talvez pelo Centro Velho com seus prostíbulos decadentes e mercado de pulgas. Uma sirene trouxe minha esperança. Um maravilhoso caminhão dos bombeiros rasgou o trânsito como um anjo pronto para salvar esta triste condenada ao purgatório familiar. Sigo seu caminho. Há uma distância de poucos quarteirões, a fumaça subindo de um prédio, um belo incêndio.

Lado a lado com os bombeiros, a expectativa regia meu coração ao som da sirene. Desejei um incêndio em largas proporções, alguns feridos, um ou dois corpos carbonizados seria pedir demais, mas não custava tentar. Pensamento positivo por alguma morte bem gráfica e escabrosa de algum desesperado pelas chamas saltar das alturas. Liguei o celular, devia ter carregado — 40% de bateria —, o local se aproximava. Ninguém da imprensa ainda, é a minha chance. Iniciei a *live*.

— Muito bem, muito bem, queridos *liviners*! Nem só de pancadaria vive nosso canal. Brincadeirinha. Estou há alguns quarteirões do centro da cidade — moro em Araraquara para quem ainda não sabe —, diante de um incêndio devorando um prédio popular de aproximadamente vinte andares. Os bombeiros acabaram de chegar. Longas labaredas da janela do décimo andar, vejam só. Parecem línguas de cobra sibilando para dar o bote nos outros andares. Muita fumaça, mal consigo respirar, vou seguir com as imagens por vocês. Teremos mortos? Comentem aí embaixo. Vocês preferem morrer queimados ou afogados? Escrevam aí, as respostas mais originais ganharão meu *like*. Olhem, olhem, alguns bombeiros vão entrar. Um deles está carregando um enorme pé de cabra, enquanto isso, os outros expandem a escada do caminhão para iniciar os jatos de d'água pela janela. Moradores vazam pela porta de entrada às pressas. Vou dar *zoom*. Tem um careca tossindo, uma menininha mancando, um casal quase desmaiando. E o morto? Teremos quantos mortos? Vou tentar entrar no contrafluxo. "Garota, não se aproxime". Um dos bombeiros está tentando censurar o nosso programa. Denúncia! Liberdade de expressão é absoluta. Vamos dar uma volta no prédio e tentar ficar bem embaixo da janela. Algo pode sair de lá e nos surpreender. Olha lá, olha lá! Os bombeiros que entraram já estão voltando. Não conseguiram arrombar a porta! O que vocês acham que aconteceu? Escrevam nos comentários e compartilhem esta *live*. Agora estão retornando com um puta machado. Agora vai! O que será que está acontecendo. Vou focar na janela da fumaça. Ué. O apartamento pegando fogo é o único do prédio com grades, barras de ferro das grossas. Estranho, *liviners*. Era medo de alguém entrar ou era para ninguém sair? O que há guardado naquele apartamento? Os vizinhos nunca desconfiaram de nada? E a causa do incêndio? Criminoso ou o bom e velho "curto-circuito no sistema sem alvará ou licença", sei lá. Acho… um minuto. Ouçam a barulheira. Gritaria, alguns bombeiros saem correndo, trazendo fumaça em suas roupas, o que havia no quarto? "Eu não falei para se afastar? Vai pra lá", novamente o bombeiro censurador vem encher o saco, pessoal. Eita, a janela de um apartamento do andar inferior ao incêndio acaba de explodir! Alguém despencou de lá e se estatelou no chão! Não, não é uma pessoa! Parece um bicho, um lobo, um cachorro grandão envolto em fumaça. Tadinho. Ele se recuperou rapidamente e fugiu pela rua lateral deixando um rastro defumado. Mas e o dono do cachorro? Não tinha mais ninguém lá dentro? Ei! Cadê o carro do IML? Vamos nos aproximar de um bombeiro. E as pessoas no apartamento em chamas? "Oh, menina. Ainda aqui? Não tinha ninguém lá, só esse bicho raivoso que saiu correndo ao arrombarmos a porta. Animal pirado desceu as escadas e se jogou pela janela do apartamento que os proprietários deixaram aberto ao fugir".

Graças à bateria com carga moribunda, a gravação foi encerrada, me impedindo de sondar melhor o acontecido, apesar de não ter rolado nenhuma morte, fuçar as causas do incêndio podia ser interessante. Mais de mil pessoas acompanharam a *live*. Estou voltando à forma.

#tadinhododog

#doguinho

#catioroemchamas

As atenções se concentraram no cachorro. Todo mundo adora um bichinho em perigo. Sadismo ou compaixão? Não sei, mas gera engajamento.

FRANCISCO

    Explodir o ar-condicionado e entrar pelo buraco da parede do banco para acessar o vestiário dos funcionários terceirizados foi o mais fácil, o complicado foi vestir um uniforme de alguns números a menos e disfarçar o cheiro de churrasco no corpo.

    Disfarçado, pois não trabalhava mais naquele setor, segui do vestiário ao corredor do almoxarifado, passando pela cozinha e banheiros. Deslizei um balde de rodinhas em um suporte com esfregão até o núcleo da agência como bom faxineiro que me tornei. Ao adentrar, fui recebido pela destruição. Mesas espatifadas, divisórias reduzidas a pó, lâmpadas fluorescentes partidas ao meio balançando no teto, pouco se via do piso entre dinheiro picotado, sangue, vísceras e a porta do cofre arrancada, talvez tivessem utilizado alguma bomba pelo tamanho do estrago. Mas não havia aroma de pólvora no ar. Na verdade, os aromas se confundiam entre morte, suor e burocracia. Em outras oportunidades, eu adoraria destruir meu ambiente daquele jeitinho.

    Eu me aproximei dos policiais e, ignorado como se fosse uma subespécie, consegui visualizar os vigilantes mortos. Um deles trabalhava com Belinha na entrada, perto da porta giratória apodrecia. O segundo era um desconhecido e, pela sua meia cara — pois do crânio só restou o lado esquerdo —, parecia um moço jovem. Sem rastros de Belinha, respirei aliviado diante do alarme falso.

    — Oh, *faxina*. Vai lá ensacar o cachorrão. — Um policial cutucando um dos mortos com a caneta apontou para mim e para o corpo logo a frente. Empurrei o balde por entre os órgãos dos vigilantes, o monstro estava tombado de lado, passei a tremer, quase desmaiando. Não o reconheci, precisei chegar mais perto.

— Ei, ei, ei! Pode deixar aí. Não toca a mão! Vai para a perícia — outro policial interveio com a mão em meu ombro, não me deixando sair do lugar. — O monstrengo foi utilizado no assalto e tem marcas estranhas no corpo.

— Não brinca — retrucou o colega da caneta.

— Marca de dentes e uns talhos. Esquisito. E os seguranças nem tiveram tempo de sacar das armas. O bicho fica e, se bobear, depois vai para a faculdade de veterinária. Viu o tamanho do treco?

— Enorme, parece aqueles pitbulls de rinha, sabe? Tomou bomba, será?

— Sei lá, pitbull é balinha para esse aqui.

Tentei argumentar dizendo que apenas limparia o entorno do animal para eles poderem trabalhar melhor. O mesmo policial acenando negativamente completou.

— Só depois do trabalho dos peritos. Se quiser, pode procurar um dos olhos embaixo das mesas. O bicho é caolho.

Desabei de joelhos. Era Belinha.

Amparado pelos policiais, fui levado de volta para os fundos da agência e deixado em uma cadeira do refeitório.

Meu faro sentiu apenas o cheiro de minhas lágrimas.

Ouvi outra viatura chegando.

"Olha lá, finalmente a perícia chegou".

Não demorou muito para ecoar o zíper fechando Belinha no saco plástico.

Jamais será velada.

Condenada a ser estudada, devassada por estudantes.

Como foi morta?

Quem foi?

Algo a matou.

As marcas,

os dentes só podem ser

de outro monstro

da mesma espécie.

Corri de volta ao vestiário.

Sorriso de Belinha e uma cadeira de rodas se alternavam nos pensamentos.

Hora de destruir a matilhah.

Na escuridão do ódio, voltei ao fosso do elevador.

Demétrio morreu, ressurgindo das profundezas apenas Kamyla. Da mesma forma como ocorreu com o elevador, suas pernas foram condenadas a não funcionar mais, não importasse a quantidade de técnicos especializados que foram chamados. Ainda assim, ele retornou do hospital como a melhor forma de si, ainda que pela metade. Seus trejeitos, manias, assuntos e humor eram daquela mulher elegante e destruidora de carências secretas.

Metade das poucas palavras a mim eram além da compreensão de um reles adolescente. Falava difícil, de forma culta, rebuscada e inacessível. Quando Demétrio, falávamos bobagens, entendia tudinho; quando Kamyla, eu me sentia reduzido a apanhado de hormônios e pelos pubianos.

Na cobertura, sua energia perfumada permeava os cômodos.

A espera por um castigo exigia de mim uma permanente postura defensiva, cansativa e à toa, pois apesar de suspeitar de um pesar reprimido ou condenação prestes a estourar, ela não chamou a minha atenção em nada. Nada. Sequer pediu meu auxílio nos primeiros dias de cadeirante.

Semanas se passaram, e a clausura ficava mais frequente, não importando se havia clientes ou não. Mesmo sem conseguir mirar pelo buraco da fechadura, sabia de seu descanso ao sol na varanda da cobertura para um novo hábito quase silencioso em que cochichava de si para si.

Pelo mesmo buraco conferi que os clientes tradicionais minguavam, não estavam dispostos a enfrentar mais de quinze lances de escadas por um travesti cadeirante, e a grande possibilidade de serem vistos pelos vizinhos com ares condenatórios por conhecer o objetivo da peregrinação.

Na clausura constante, dormi para disfarçar a fome até encerrar o atendimento a um cliente ou os intermináveis momentos de meditação.

"Ei, garoto".

Desperto do cochilo pelo chamamento do outro lado da porta. Alguém a destranca com rapidez. Era um cliente conhecido, o casado apressado. Só de cuecas, o esbaforido apontava para Kamyla na varanda em um banho de sol forte o bastante para devorar sua sombra. Juntos, nós a encontramos abraçando seus braços, agarrada em si na tentativa de não deixar escapar tudo o que lhe restava. E como uma flor ao sol, morreu em silêncio.

As vizinhas vieram investigar o cadáver, saber como, o porquê da morte e, o mais importante, se a cobertura seria liberada da presença de "gente daquele tipo". Não tiveram muito tempo para falsas esperanças quando, na abertura do testamento, fui revelado como o novo dono da cobertura.

No velório, o caixão foi aguardado tanto quanto a entrada da noiva em um casamento pomposo. Confabulações de como Demétrio e Kamyla seriam enterrados deram vazão à expectativa de um caixão brilhante, extravagante ao som de música clássica. Entre coroas, crisântemos vívidos, e mensagens de saudades, muitos clientes mantiveram a distância segura para garantir suas homenagens e anonimato. Amigas de Kamyla, montadas como flores, criavam um jardim de rosas esbeltas de salto alto pelo quarteirão. Tanta cor e brilho desvaneceu tão logo o caixão chegou em uma estrutura amarronzada patética, quase uma caixa de uva.

Posto na estrutura de mármore, todos se aproximaram para acompanhar a retirada da tampa. Nem Demétrio, nem Kamyla. Apenas um morto genérico de paletó e gravata. "Quem fez isso? Quem escolheu o caixão? E essa roupa do morto?", perguntou o cliente casado para uma esbelta albina nórdica de Américo Brasiliense.

"Foi o sobrinho".

Despertei
com uma imagem
nas mãos.
Budah.
Estátua explodiu no chão riscado.

Estava na entrada

da casa da phoda com Beethoven,

no templo ridículo.

Venha a velha,

venha Beethoven,

phoderei ambos.

Nu, queimado e banhado em lágrimas.

O estado de pinscher, invólucro de ódio, serviu bem para chegar em instantes ao covil do Beetholven e da hipponga. Desta vez, ambos vizinhos estavam dormindo na calçada, mal me perceberam.

Na sala onde transei com Beethoven, voltei à forma humana. Destruí mais um Buda e três fontes feitas de bambu. Incensos se misturavam em mil odores, mensageiros dos ventos tilintavam atrapalhando a audição e a visão. Eram muitas informações para processar. Até um impacto imenso me derrubar.

Em cima de mim, cresceu o pinscher musculoso. Reconheci seus olhos afastados, era Beethoven. Que forma estúpida de morrer, seus dentes atravessariam minha cara. Ele mastigaria minha língua como uma jujuba, avançaria sobre minha barriga esticando-a e devassando meus órgãos como um daqueles pombos devorados.

Então, ele me deu uma alegre lambida na cara.

— Muito bem! — a voz atrás do bicho veio acompanhada de uma maçã. A fruta foi capturada no ar pelo gigante cachorro. — Fico feliz por ter ingressado à nossa casa. Desta vez, sem correria e sem sujar o quintal.

Levanto-me para encarar a decrépita hippie na entrada da cozinha com um saco de salgadinhos nas mãos. Nem de longe lembrava o pinscher da mordida responsável pelo inferno em minha vida. Ao meu lado, Beethoven se alegrava coçando as costas contra o chão e pedindo carinho na barriga.

— Como prefere morrer? Na cadeia ou no veterinário por eutanásia?

— Morrer? Por muitas vezes visitamos a morte, contudo, ela insiste em nos ignorar. Há poucas formas de morrermos e nenhuma delas é pelas mãos humanas. — Mordiscou um dos salgadinhos e pude reconhecê-los como bifinhos para cães.

— Aceito dicas para te matar pelo que fez com a Belinha.

— Se busca vingança, mirou nos alvos errados. Acompanhei o duelo. Latidos vieram a mim. Ouvi o embate por completo. Aquilo foi obra de um pinscher indomado transformado recentemente.

— Está falando do velho paranoico? O aloprado virou um lobisomem, quer dizer, um *pinscheromen*?

Gemidos e estalos trouxeram um novo integrante ao duelo, Beethoven em sua forma humana apareceu ao meu lado. Desde o encontro na padaria, ele tinha perdido algumas medidas, seu abdômen dava sinais de definição, até seus tríceps molengas estavam menores. Percebendo minha atenção, ele disse:

— Estou fazendo dieta. Frango e batata doce.

Isso explicou o dia em que devorou os pobres pombos e as misteriosas raízes vermelhas, que nada mais eram que batatas.

— Veja só. Beethoven deixou de ser indomado há tempos. — A hippie caminhou na minha direção oferecendo um dos salgadinhos — Aceita? Não me liberto deste vício, confesso. Sódio puro. Adoro. Pois bem, o ódio não o controla mais. Acredita que este ser inofensivo era um raivoso em seu estado bruto?

— Sim, sim. Acredite — Beethoven concordou enquanto procurava suas roupas pela sala eternamente desarrumada.

— Um paranoico, idiota, gritava suas razões irracionais. Defendia supressão de liberdades naturais, defendia o fascismo, nazismo, outros ismos.

— Terrível mesmo — ele concordou.

— E vestia a camisa da seleção brasileira.

— Credo — deixei escapar.

— Sim, sua ojeriza é legítima — mastigou mais um salgadinho revirando os olhos quase brancos pela avançada catarata —, até ele fazer parte da nossa matilha. Nosso irmão, companheiro, como bem a finada Belinha, agora estrelinha, deve ter comunicado a você.

— Meu ódio vinha de uma vontade enrustida, em poucas palavras — Beethoven completou ao vestir uma cueca suja.

— Coceira na próstata para ser mais clara. Tal desejo não saciado o levava aos arredores da loucura do ódio e raiva. Da mesma forma que Belinha era tomada pela vontade de controlar. Controlar relacionamento, o ambiente, o presente e futuro. Um complexo de Atlas.

— *Peraí*, eu estava pronto para um ninho de monstros assassinos e encontrei um centro de autoconhecimento com um método bizarro?

— Método da somatização desenvolvido por eras. Desde a época de Virgílio, Ragnarök e Jekyll. Ah, como meu primo Jekyll foi mal interpretado na época! Infelizmente, nem todos estão aptos. Como dizia, Belinha partiu desta matilha deixando um pedaço de si como preço pela desistência. — Apontou o salgadinho para o enfeite do olho pendurado. — Ela preferiu mergulhar no mundo das drogas por não ser capaz de suportar a própria dor. Aposto que ela também lhe ofereceu aqueles comprimidos.

— Tília em excesso é uma droga. Sou a favor do uso recreativo apenas. — De algum lugar, Beethoven retirou uma xícara fumegante com o chá.

— Bem, suas unhas têm cheiro de mortos, terra de cemitério. Cemitério São Bento para ser mais exata. Andou *cavoucando* por lá, aposto. — Virou o saquinho de salgadinho para pegar as migalhas no fundo. — Sua pedra de toque foi fácil de encontrar. É algum desafeto com um morto, mágoa ou intestino preso mesmo.

A velha tinha o faro apurado, de pronto, desenterrou o porquê da recorrente presença de Demétrio e sua cadeira de rodas em meus delírios, revelando o núcleo de onde provinha o ódio do meu âmago. Engoli a seco a descoberta e antes de perguntar qual seria o próximo passo, ela alertou.

— Tente se aproximar da origem do seu ódio e rancor. Raciocine o que te molda na forma da maldade. Depois volte aqui para conversarmos sobre a evolução e o aprendizado de sua natureza *pinscheresca*. Não pense em resgatar o corpo de Belinha, desapegue-se diante do risco de ser enjaulado para sempre.

— Mas e o tal indomado, o idoso amalucado?

— Deixe-o comigo. Os uivos da madrugada têm outras funções além de acordar os vizinhos. Em breve, ele estará por aqui. Somos uma matilha. Um cão solitário não se mantém. Só entre nós podemos nos resolver, apenas um *pinscheromem* afeta outro *pinscheromem*.

LÍVIA

— Muito bem, muito bem, queridos *liviners*! Dias de loucura, caos, pancadaria e explosões de fúria. Nada mais normal do que o anormal para uma família brasileira. E hoje estamos aqui, como podem ver, fora de casa. Distantes do aconchego do lar atravessando este bairro com nada pelo horizonte além de terrenos baldios e construções tingidas pelo ensolarado dia laranja ferrugem. Caminhamos por mais de meia hora. As casas ficaram para trás agora vamos no sentido Parque do Pinheirinho. Para quê? Oras, hoje estou acompanhada! Olhem só como a Flavirene está vestida. Isso mesmo. Blusinha e shortinho, mas por baixo o que temos? Biquininho! Tudo isso para mostrar os novos passos de dança à beira da represa. Vai viralizar ou não? Flá, vem cá. Mostra para a galera a alça do seu biquíni. Vem, pare de ser tímida. É amarelo, pessoal. Estou vendo uns comentários pedindo para você mostrar o seu pé. Cada desejo estranho. Vamos fazer assim. Estamos com só duzentas pessoas online agora. Ao atingirmos quinhentas, ela mostra não só um pé, mas os dois! Combinado? Vamos seguindo até o parque. Ouçam a buzina fodendo com a gravação. Alguém ouviu? Olha ela aí de novo. Vamos passar por uma linha férrea. De vez em sempre o trem cruza a cidade, e pelo visto tivemos o azar do dia premiado. Mas tudo bem, vamos apreciar a paisagem, o tempo está firme, sol de fritar ovo no asfalto araraquarense. Queridos *liviners*, acredito que daqui alguns minutinhos já…

— Lívia, olha aquilo lá.

— O quê? Vou virar a câmera para os *liviners* verem.

— É um cachorro, não é?

— Não acredito, caramba. — Apertei os passos.

Há alguns metros, um pobre animal estava em cima dos trilhos em um trecho de curva, quase escondido no matagal e entulhos largados de ambos os lados.

— Ele não sai de lá. Parece amarrado. — Choro começou a brotar em Flavirene.

— Não só parece, não, alguém amarrou o coitadinho no trilho do trem. Vamos correr antes do trem aparecer. *Liviners*, por essa não esperávamos, um cãozinho preso aos trilhos. Quanta crueldade. Se alguém puder, chame a carrocinha ou os bombeiros ou a polícia. Quem salva cachorro do trem? Não faço ideia. Vamos salvar o pobre.

— Minha nossa senhora, e se o trem chegar? — Apontou para o horizonte sem qualquer sinal da locomotiva.

— Deixa comigo. — Entreguei o celular para Flavirene continuar gravando há alguns metros de distância e corri até o cão. Ele continuava amarrado em um dos trilhos. Apertei bem o nó. Me esqueci de como um trilho de trem pode ficar quente. Ramone estava calmo, sentado sobre o trecho de pedrinhas escorregadias que se seguia pelas laterais das linhas de ferro. Talvez pela idade mal percebesse o risco. Não parecia um cachorro de quintal, sua pelagem brilhava, as patas limpas, dentes brancos, um belo pastor-alemão capa preta. Idoso e com as patas rebaixadas graças às ancas fracas, ainda impunha respeito com seu latido de cinco quarteirões de distância, mas era dócil, talvez até demais. Ofereceu a cabeça para carinho, cheirou minha mão e a lambeu. Não chiou, mantinha-se tranquilo como quando horas atrás eu envolvi seu pescoço com uma corda abandonada na tralha do nosso quintal e o guiara até os trilhos.

Àquela hora, o trem já devia dar algum sinal.

Flavirene, à certa distância, deslizava o celular alternando as mãos, como se pesado para registrar o momento. Mais fácil que guiar o cão furtado foi convencê-la da importância de uma *live* empolgante como único meio de reerguer o convívio familiar e nossa fama. Todos adoravam seu jeitinho diante das câmeras. Uma dancinha cretina com biquíni, uma sexualização infantil disfarçada cairia muito bem para os pedófilos de plantão. Trabalhei em cima de inocência e falta de noção, sequer fazia ideia de que o desejo de sangue supera qualquer tesão reprimido e às vezes até se confundem.

Um flagrante de heroísmo tomaria o lugar do espancamento do playboy e reiniciaria nossa carreira de produtoras de conteúdo e *influencers*.

Nossos pais não precisariam mais trabalhar. A propósito, trabalho era algo periclitante em casa. Nosso pai era reconhecido no busão e no shopping e, a cada dia, sofria uma ameaça diferente.

Naqueles trilhos estava o nosso renascimento e eles finalmente começaram a tremer. O trem estava a caminho.

— Não estou conseguindo soltar, essa corda é muito forte. Nó apertado demais! — gritei fazendo mais outra amarração para assegurar de que Ramone de lá não fugiria.

— Corre, pelo amor de Deus. Eu… eu acho. Jesus, olha o trem chegando!

Finalmente, a locomotiva deu o ar da graça há um quilômetro. Naquele trecho de curva, não daria tempo para o maquinista frear, no máximo buzinaria.

Ramone começou a ganir.

Ouvimos a buzina em sinal de alerta. O trem estava há aproximadamente quinhentos metros. Resolvi esperar se aproximar. Mais próximo, mais próximo.

Segunda buzina.

— Não estou conseguindo. Meus dedos estão escapando, não tenho unha, não tenho força. Jesus Cristo. Meu ajude, Fla. Tente você, suas mãos são menores, mais ágeis.

A caçula imóvel chorava amedrontada.

— Vamos, largue esse celular. Deixa pra lá, pare de filmar. Me ajude aqui. Vou acenar para o maquinista parar.

Trocamos de postos, resgatei o celular posicionando-me na frente dos trilhos com um ótimo enquadramento, o trem será bem-vindo e teremos sangue, tensão e sedução em um mesmo vídeo. Dei *zoom* nas pernas de minha irmã agachada, suas perninhas de graveto, pés bem-feitos em uma sandália de dedo. Subi de volta pela cintura, seios em formação. Para cima e para baixo, como a língua ofegante do cão.

— Esse é o Ramone! — Flavirene o reconheceu de pronto ao se aproximar. — Como podem ter amarrado ele? — Ela olhou para mim fuzilando-me através do celular. Não pensei que fosse descobrir tão rápido. Que suas mãos sejam tão rápidas quanto seu raciocínio.

Se ele fugir, ato de heroísmo. Se for atropelado, crueldade animal. Ambos com engajamento garantido. *Win, win*, ganha, ganha.

As sombras de alguns pássaros assustados atravessavam o cenário. Não havia necessidade de filtro, CGI ou *chroma key*, apenas o desespero da queridinha da cidade e um cão bobo querendo brincar mesmo diante do flerte da morte.

O trem buzinou novamente sem sinal de que ia parar a tempo.

— Vamos, Fla. Desamarre.

O calor do maquinário se confundia com nosso suor.

Em silêncio, os músculos da caçula trabalhavam, pude ver um pedaço de corda levantando como uma serpente, outro laço se desfez tocando o focinho do cão. A corda vagabunda dançava tremendo viva, ora tesa, ora folgada.

Os trilhos vibravam com a proximidade dos vagões. Pelo *zoom*, eu foco a fisionomia descrente do maquinista gritando na cabine.

— Acompanhem, queridos *liviners*. Que momento terrível. Alguém chamou a polícia? — Ninguém vai chamar, claro. Não antes do grande desfecho. Há mais de três mil acompanhando a *live*. Posso ver o corpo do Ramone aberto ao meio, espalhado pela terra quente. Em quanto tempo teríamos urubus para mordiscá-lo?

Venha, trem. Venha.

Estava há pouco menos de dez metros da locomotiva quando a corda voou liberta. Ramone achou graça e correu para longe dos trilhos. Flavirene ainda agachada, olhou para mim. Descobriu a farsa. Levantou-se e com os punhos cerrados, pronta para a briga, escorregou para trás ao deslizar o chinelo nas pedrinhas

O monstro de metal não teve tempo de brecar e a engoliu.

Ela devia ter gritado, daria um toque mais dramático na gravação.

FRANCISCO

Psicólogos, psiquiatras, farmacêuticos, gurus, todos foram desbancados pela técnica do pinscher. Nada de encenação, nem constelação familiar ou bobagens de coach. Quão produtivo seria se todos virassem esses monstros de quatro patas. Lidaríamos com nossos problemas na base da força bruta e destruição. Pensando bem, os humanos já fazem isso da pior forma. E ainda correríamos o risco de viver em um mundo tomado pelos pinschers eternamente. Melhor esquecer essa ideia e controlar minhas mordidas.

De volta ao cemitério São Bento, entre as sepulturas e jazigos de famosos esquecidos pelo tempo, cheguei ao espaço do meu primo. Nunca fui bom em reconhecer meus erros ou pedir perdão. A própria ideia de pretender uma indulgência era repulsiva. Sempre começava com palavras erradas e terminava com novas ofensas.

Frente a frente com a cruz de mármore, único trecho intocado do túmulo ainda com terra volvida cobrindo os restos mortais e tampa de pedra deslocada. Dois buraquinhos abaixo da cruz denunciavam onde ficava a plaquinha de metal furtada por algum nóia. Sem sinal da horrível foto 3x4, nem nome, datas e "saudades de amigos e familiares". Também não havia sinal do discurso repetido em minha mente desde a saída da casa da matilha.

Céu de poucas nuvens, alegre e quente demais para pedir perdão. Tentaria sussurrar só para o morto ouvir um resumo do período em que vivemos juntos, agradeceria a salvação, pediria desculpas sinceras pelos gestos ingratos e me confessaria ser assassino de duas pessoas — Demétrio e Kamyla. Mortes injustas por motivos irracionais. Com a fuga das palavras certas, tentei chorar, em vão. Apertei o buquê de rosas contra o peito, espremendo a minha incapacidade com alguns tipos de sentimento. Não sei poema, música ou frases prontas para a ocasião, e comecei a rir.

Não demorou muito para o coveiro chegar com a nova plaquinha de identificação encomendada. Desta vez em porcelana, para evitar furtos. Eu ainda ria e ele, em silêncio, a grudou no lugar da antiga, com resmungos ao ver o conteúdo, só voltando a ficar quieto ao receber uma gorjeta e sair.

Desmanchei o buquê espalhando as rosas pelo túmulo, como beijos estalados no rosto de um amor, e do bolso tirei uma caixa, um presente. Os risos voltaram.

— Se fosse um pinscher, os versos sairiam no automático, estrofes um pouco sem rima, não chegaria a ser um Caio Fernando como você gostava, mas ainda assim ia curtir. Comprei isso — balancei o embrulho no ar —, acredito que vai gostar. Sim, sei que não vai poder usar, não tem o corpo de antes, claro. Pena não ter visto a cara da vendedora. "Algodão ou sintético?", pedi couro. "Qual tamanho?", acho que M ou G, mais para G mesmo, "Ah, ela é fortinha", é ele. "Seu namorado? Legal", seu legal era falso, respondi que era para o meu primo falecido e gostaria também de ver um espartilho para combinar. A moça emudeceu diante do necrófilo aqui. Se Kamyla estivesse por lá, teria ensinado a ornar as peças. Espero que gostem.

Desembrulhei e amarrei a calcinha e o espartilho na cruz; as poucas nuvens se afastaram permitindo o sol escaldante coroar nossa conciliação e brilhar na nova plaquinha.

"Aqui jaz Demétrio e Kamyla. *Depois de todas as tempestades e naufrágios o que fica de mim e em mim é cada vez mais essencial e verdadeiro — Caio Fernando Abreu*. Saudades e amor de todos".

Me afastei olhando a fotomontagem, duas fotos recortadas formando o casal de uma só pessoa. Na saída, encontrei as duas mulheres lavando os jazigos, ou me reconheceram ou sorriram pelo dinheiro dado, pedi para arrumarem o jazigo e finalizei pedindo algo provavelmente incompreendido:

— Não tirem a calcinha.

Pedi ao motorista do carro de aplicativo sintonizar o rádio nas notícias. Assim, foi o caminho de volta ao templo da matilha ao som de tragédias, fofocas e cenário político. Ficamos travados no trânsito no centro da cidade. Buzinas, barbeiragens, motoqueiros estourando retrovisores, ciclistas pelas calçadas e lojas com funk altíssimo para atrair clientes enriqueciam o cenário. O motorista deu para começar a falar sobre a importância da família e da Bíblia. Era impossível não passar nervoso. Ainda assim, mesmo tomado pela tristeza profunda e revolta pelo assassinato de Belinha, meu corpo se limitou à configuração humana. Nada de dores, estiramentos, frases cortadas ou forma de pinscher. Estava calmo por ter feito as pazes.

Ao chegar no local, cumprimentei o casal de vizinhos enfurnado em um agitado grupo com outros moradores da rua confabulando para colocar as fofocas semanais em dia.

Após saltar pelo pequeno portão de entrada, um arrepio. Não era Beethoven correndo na minha direção, mas um aroma repulsivo obrigando-me a tomar distância. Resisti, cerrei meus pulsos, pronto para a briga, ainda que nos moldes humanos e fracos. Caminhei pela porta da frente levemente entreaberta, ao forçar a entrada, um pequeno peso foi carregado junto de sua abertura. Estava de volta à desorganização, desta vez mergulhada em um banho rubro e uma overdose de informações nos aromas. Havia tília misturada com vísceras, salgadinho canino pelo chão, pombas, batata doce, e generosos jatos de urina nos cantos de onde se traduziam como marcação de território e ordens de expulsão. Voltei minhas atenções à porta recém-aberta, em sua base, o peso, a cabeça de Beethoven humano em uma fisionomia de dor perpétua. Carreguei-a nos braços como finada testemunha na busca pela hippie. De quarto em quarto, respingos vermelhos cresciam das paredes ao teto. Cheiro de dor e ódio. Sangue nas fontes relaxantes, fezes com pedaços de tremoço em todos os Budas. Tremoço.

Continuava arrepiado em uma onda de calafrios sem qualquer início de transformação.

Pelo jardim dos fundos, a destruição se seguia misturada com barro. As outras partes do corpo de Beethoven estavam espalhadas: algumas, mergulhadas nas lagoinhas artificiais; outras, enfarinhadas na areia dos jardins zen. Aos fundos da casa, até então desconhecido por mim, se revelou um belo salgueiro chorão tendo a seus pés a pinscher de pelagem branca. Seus olhos vítreos nada refletiam, seu corpinho indefeso, agora sem vida, estava enrolado em um mensageiro dos ventos como um animalzinho doméstico trapalhão. Em seu focinho, um dedo.

Inalei o pedaço mutilado, absorvi a certeza de sua identidade.
Era Domingos.

LÍVIA

Magno me olhou, abrindo e fechando as asas inúteis em uma comemoração muda. Estávamos a sós em casa, mas apenas um fora abandonado. Eu. Depois de toda a atenção conquistada. Por alguns minutos fomos o centro de tudo.

Filmei o pavor do maquinista, sua mão trêmula no celular para pedir socorro. Veio helicóptero, imprensa, viaturas da polícia, ambulância. Todos para Flavirene, sempre ela. Ninguém se preocupou em ver como eu estava, sequer me examinaram para conferir talvez algum estado de choque ou pressão alta. Tentei gravar o socorro, mas fui impedida por algum socorrista estúpido. Equipes da empresa férrea prometeram pensão vitalícia, recebemos cartinhas do time da cidade, políticos vieram ao nosso encalço, até o prefeito. Ficamos isolados no topo de todas as redes sociais por alguns minutos, meu vídeo foi compartilhado à exaustão, até em sites de *gore*. Vi nos comentários pessoas pedindo filmes baseados em nós. Horas de sucesso iluminaram nossa vida patética.

A postagem custou a perna esquerda e metade da mandíbula de minha irmã, toda conquista tem seu preço. Ainda assim, ela está em seu luxo de rainha, rodeada de oportunidades de futuro, tratada com todos os mimos no Hospital Albert Einstein. Está em estado gravíssimo, é teimosa e vai sobreviver só para me provocar.

E, aqui, sigo abandonada ao lado de um pássaro cretino. Ninguém me merece nesta casa, não há família aqui, só gente ingrata. Apenas eu quero o bem, sou o grande mártir e sempre perco a vez, nunca reconhecida, nunca elogiada e condenada a existir em uma semivida.

No quarto dos meus pais fuço o esconderijo conhecido por todos — o fundo da última gaveta do criado mudo atrás das cuecas. Encontrei a única coisa que valeu a pena na vida de policial do meu ex-empresário, um belo revólver *três oitão* comprado para substituir a arma porcaria dada pela corporação. A munição estava ao seu lado em uma caixinha de papelão. Liberei o tambor. Descarregado. Apenas uma bala solitária bastaria, deslizo-a pela câmara. Nas profundezas do cano. Escuro, sem luz no fim daquele túnel. Preparei o dedo no gatilho. No espelho, o cano da arma contra o ouvido direito parecia sem graça, dentro da boca pior ainda, ficava com cara de tola. No meio da testa parecia bobo. Minhas mãos começaram a suar, sequei na lateral da calça. Mirando embaixo do queixo, o cano estava gelado e estourar minha cabeça sujaria o teto com meus miolos. Seria uma cena divertida para uma última *live*. Gostei da ideia.

Celular devidamente posicionado no guarda-roupas, bem na frente da coleção bonequinhos de santos da ex-dondoca, arrumei o aparelho entre as mãos de Nossa Senhora de resina e as patas dianteiras do cavalo de São Jorge. Ensaiei o disparo. Melhor fica sentada ou em pé? Em pé filmaria meu corpo desabando após o disparo; sentada, a gravação continuaria com meu corpo mole diante da câmera vertendo sangue. Enquanto decidia a posição mais legal, fui conferir os *trending topics*.

#moradadosolmorte

#brutalidadenamoradadosol

Pela notícia veiculada, houve um novo assassinato na cidade, desta vez, em uma casa na Vila Xavier. Um corpo mutilado. Uau. Os vizinhos da frente indicaram o suspeito. Já tem até foto do cara. Ele foi visto saindo do local apressado, ensanguentado e gritando para chamarem a polícia. O principal suspeito foi identificado como um bancário, Francisco, um cara magro, boa pinta, até elegante. Não o conheço, mas o odeio por ter me ofuscado. Por culpa dele, meu suicídio estaria fadado a uma tirinha de jornal da cidade, sem foto, e com alguma referência ao CVV no final da notícia.

Pontilhão da Barroso era o local perfeito para o *grand finale*. A essa hora o trânsito estaria apinhado de carros, não faltariam celulares e gravações. Durante a rota, fiz algumas postagens no busão com frases feitas piegas e melodramáticas. Ainda com poucas curtidas.

Havia completado o tambor do revólver com mais cinco munições, nunca se sabe quantas serão necessárias para causar um efeito chamativo. Me despedi de Magno, o abracei com intensidade, agradecendo-o pela oportunidade até quebrar seu pescocinho. *Clack*. Ficou ótimo como um Espírito Santo de bochechas vermelhas entre Santo Expedito e um menino Jesus cabeçudo.

Desci no ponto antes do início da ponte para analisar o melhor lugar. Entre cair nos vagões estacionados, trilhos desocupados e via asfáltica, o último parece bacana, há maior chance de ser gravada em cima e embaixo. Pouco provável passar despercebida. Preciso me apressar, o fim de tarde vai atrapalhar a luminosidade. Aperto o passo para o trecho mais alto quando me deparo com uma mulher do outro lado da grade de proteção prestes a saltar. Ela me viu e se adiantou:

— Fica aí. Não, não quero a ajuda de ninguém.

Não pretendia ajudar, no máximo reclamaria por ter roubado a minha ideia. Os carros passavam apressados demais para a suicida, eu era seu único público.

— Desgracei vidas.

— Quem nunca? — Tive que concordar com minha companheira de morte.

— Matei, sou uma assassina.

— Qual seu nome? — perguntei na esperança de ser alguma assassina do noticiário.

— Marina.

— Não te conheço. O que aprontou?

— Mortes. Mortes. — Suas lágrimas caíam pelo futuro trajeto de seu corpo.

— Quem você matou? — Talvez eu conhecesse a vítima, poderia ser um famoso, se eu tivesse sorte.

— Ficou sabendo da casa no bairro Selmi Dei? Do assalto ao banco? — perguntou ensaiando um impulso para frente para cair no meio do asfalto, justamente onde eu pretendia. Biscate.

— Sei sim. A chacina do churrasco e os vigias mastigados.

— Minha culpa.

Era hora de ligar o celular diante da revelação exclusiva.

— Moça, Marina, não tenho palavras carinhosas para você. Só sei que se você morrer, a merda vai continuar. Posso ajudar, prometo.

Ela maneou a cabeça em negativo.

— Vem para o outro lado, vamos conversar. Você matou aquela galera?

— Meu pai, imundo pai.

— Então nós duas temos problemas com pais.

— É coisa dele. Eu sinto. Eu pretendia o melhor...

— Eu também.

— Não sei como, de algum jeito, ele se transformou nisso. O jeito como nosso vizinho foi morto. É obra dele. Eu sei, eu sei.

— Opa, seu pai matou todo aquele povo, pra valer? Sério? Disseram que foi coisa de um cachorro louco ou animal selvagem.

— Ele sempre foi um monstro.

— Vamos dar um jeito nesse cretino então. — Levantei a camiseta mostrando a empunhadura do revólver. — Vamos prender o safado ou acabar com a vida dele, e não com a sua.

Marina arregalou os olhos diante da arma, o efeito foi melhor que qualquer discurso de valorização da vida.

— Qual o nome do puto?

— Domingos.

— Vamos fazer esse Domingos sofrer o que você sente agora. Que tal?

Ela engoliu a seco minha ideia e o corpo parou de tremer.

— Vem pra cá. Vamos juntas. Sei como é ter um pai escroto. E fui premiada com um pai, mãe e irmã de merda.

Sorriso brotou no rosto vermelho de tanto chorar. Marina acabava de ganhar uma companheira de sofrimento e libertação.

— Fale mais. Onde está escondido? Você não está só. — Acerto o celular em punho.

— Você vai comigo?

— Sempre.

Marina voltou-se para olhar para dentro da ponte.

— Por onde começar?

— Deve estar escondido na casa dele, é um maldito lugar sagrado, mesmo destruída pelas obras do vizinho morto. — Ditou o endereço como se libertasse de uma confissão pesarosa.

— OK. E o que mais?

— Só sei isso. Vamos ligar para a polícia. Eles nos darão cobertura. — Esticou-se ensaiando a volta para a calçada.

— Sem polícia. Só eu e você.

— Temos que chamar, ele é perigoso.

— Polícia, imprensa, curiosos podem esperar. Primeiro, eu e você. — Não admitiria perder a exclusividade.

— Garota, você disse que vai me ajudar.

— E vou ajudar, mas você parece querer só me atrapalhar. Todo mundo só quer me atrapalhar! Puta que pariu! — Saquei a arma discretamente deixando-a no lado do corpo para não ser vista pelos motoristas. — Vou te dar uma escolha.

— Abaixe a arma, por favor. Não vou saltar, vamos juntas. Juntas.

Com o celular na mão iniciei a gravação.

— Escolha. Morte certa — balancei a ponta do revólver — ou chance de viver? Se saltar, pode cair em cima de algum carro e sair ilesa ou quebrar uma perna, não mais que duas, garanto.

Na frente de Marina crescia um belo pôr do sol, belíssimo enquadramento dando um ar poético à cena. Devo me lembrar de editar o vídeo ao chegar em casa, retirar o som ambiente e colocar alguma música iniciada com uma pegada tranquila e indo para a tensão inquietante. Um vídeo de suicídio seguindo de outro de perseguição a um velhote doido será garantia de sucesso e engajamento.

— Garota, por favor. Eu não quero isso.

— Então prefere a morte certa? Quer um tiro na coluna ou no coração? Se ficar aqui, pode escolher.

— Por favor.

—Vire o seu corpinho, afaste as mãos da grade. Vamos, vamos.

— Pensei melhor, vou sair da cidade.

— Contando. Três. Posso acertar a sua testa daqui.

— Por tudo que é mais sagrado.

— Dois. Consigo atravessar seu intestino pelas costas.

— *Pelamordedeus.*

— Um.

E ela saltou.

DOMINGOS

Precisei de apenas um soco no meio da fuça para acabar com a marra do filho mais velho. Ele caiu perto da porta do quarto, liberando uma cachoeira de sangue do nariz agora torto. Palavrões saíam borbulhando de sua boca rebelde. Os vizinhos estão acostumados com o barulho. Grite à vontade até engasgar-se com o próprio sangue, seu bosta! Estava valente para me enfrentar, não era a primeira vez, nem seria a última derrota. Eu o via sondando, escondido, xeretando cada movimento, espiando até criar coragem para berrar com voz desafinada de frangote. O do meio foi socorrê-lo com um pano de prato para estancar. Este que sempre tentava apaziguar os ânimos, agora ficou contra mim, sem coragem de falar uma palavra. Maricas. Me condenava pelo olhar. Seus olhos eram de sua mãe, a puta potranca.

Eram dois homens feitos com idade para trabalhar e sair das minhas asas. Parasitas, vagabundos. Com sete anos eu já engraxava sapatos no centro da cidade, e eles ali me perturbavam com quase doze anos nas costas. Inúteis. Sumam, desapareçam, não perturbem. Façam igual a mãe de vocês. Não vou atrás de vocês. Não irei até à nova casa, um puxadinho miserável, escondido como um verme em um teco de merda para escapar das obrigações com a família. Não, não irei até vocês. Não pegarei seus pescoços, não esganarei mesmo ouvindo desculpas tardias. Não quero ver suas caras tão iguais à dela se avermelhando, forradas por teias de veias até a respiração parar. Não, não vou amarrar uma corda e pendurá-los. Não suicidarei nenhum de vocês como sua mãe. São o meu sangue, por pior que valham.

Mandei ambos desaparecerem e voltei minhas atenções para dentro do quarto.

Roupa espalhada.

E na minha cama, estava Marina.

— Vá tomar banho — ordenei.

Acordei da lembrança de Marina com um pescoço descolando de minha boca. Aderson se afastava de meus lábios com uma mordida perfeita, bem formada, contei meus dentes afiados em sua pele. Esperei o corpo do companheiro de asilo reagir. Poderia dar adeus ao tumor devorador de miolos e me acompanhar.

— Vai, molenga! Pelo menos você.

Minha voz ecoava sozinha. Os enfermeiros tão ameaçadores viraram florzinhas despetaladas diante de mim, as fisioterapeutas sentiram o gosto de suas torturas e as recepcionistas sapatonas ficaram ótimas quando as fodi com meu pau canino. No mais, naquela prisão alemã, todos eram absurdamente lerdos. Se renasci, eles apodreceram. Sou a última etapa da evolução diante de dinossauros.

"Um cão solitário não se mantém", disse a cegueta maconheira antes de se transformar. Fraca. Tão fraca quanto seus filhotes. O dedo que ela me arrancou não fez falta nenhuma. Quem mandou me chamar?

E agora não consigo criar minha própria matilha. Os prisioneiros desse depósito estão quase todos mortos. Fátima vomitou alguns lápis coloridos em seus últimos espasmos. Valdir, tão atlético, minha grande esperança, gritou do começo ao fim como uma mocinha. Falta ódio para essa cambada, falta energia. Sobrou apenas Aderson e seus tumores.

Ele se mexeu, tocou minha perna.

— Vamos, porra. É isso aí. Concentre-se. Pense em algo que dê forças. Aquela raiva, um ódio, uma energia, um tesão. Qualquer coisa. Ignore essa merda de cérebro fodido.

Suas mãos agarraram meus joelhos na tentativa de escalar meu corpo. Me agachei para poupá-lo.

— É isso aí, filho da puta. Rosne comigo. Mentalize uma desgraça, um acidente. Raiva. Rancor na vida. Vontade de foder com tudo. Vamos acabar com essa merda. Eu e você. Vai cara, vai.

Aderson segurou minha cabeça buscando meu ouvido. Cedi mais uma vez, não queria perder mais um integrante da matilha. Entre respiração sem som, ele grunhiu.

— Mamãe.

E morreu.

LÍVIA

Poesia, pura poesia. Linda gravação. Não tremi, enquadramento perfeito do começo ao fim, o corpo desceu acompanhando o pôr do sol e reapareceu distorcido lá embaixo antes de ser atingido por um caminhão. Perfeita sincronia, o asfalto vermelhinho como meu batom.

Acertei o revólver na cintura e iniciei a gravação no local indicado por Marina, prosseguindo com o dia de sucesso.

— Muito bem, muito bem, meus queridos *liviners*. Não foi difícil chegar ao local da chacina. Por incrível que pareça, esse trecho da rua chama a atenção de poucos curiosos. Acredito que tantas mortes recentes transformaram a casa em um lugar assombrado para os supersticiosos cagões ou seria medo da casa do cachorro doido? Farei um *take* inicial da rua deserta neste início de noite para vocês terem uma ideia. Olhem só, ninguém na rua. Depois vou editar este vídeo com direito a uma música de suspense ao fundo. Bem, vamos lá. Não se esqueça de já meter aquele curtir no vídeo, isso ajuda em muito a divulgar o canal. Apesar de ser cena de crime, não encontrei as faixas amarelo e pretas típicas dos filmes norte-americanos, mas apenas destruição e vandalismo tipicamente brazucas. Vou filmar a frente das casas para vocês terem uma ideia. Se de um lado a casa do vizinho morto tem a frente repleta de jardim, do outro, a casa do nosso suspeito tem um portão alto, cheio de lanças e correntes, com cadeados até nas janelas. Povo antissocial, não é? Bem, ficamos sabendo que as obras de interligação dos terrenos causadoras de toda a tragédia começaram nos fundos da casa gradeada, então vamos entrar pela do vizinho. Vamos juntos? Logo na entradinha da casa, ao passar pela porta destrancada, tento ligar a luz, só algumas lâmpadas respondem, todas bem fraquinhas, talvez eu tenha que ligar a lanterna do celular, vamos tentar seguir assim. A destruição de fora não é diferente da de dentro. Pixações, móveis e eletrodomésticos em frangalhos, tentaram botar fogo na casa, são tantas manchas de queimado pelas paredes. Vamos dar uma olhada nos quartos. Tudo revirado, pouca coisa se salva. Quantas fotos, álbuns rasgados. Vou pegar uma. Olhem só, é um senhor de idade vestido de tartaruga ninja e um monte de criançada ao redor. Se não me engano, foram todos mortos. Esperem. Ouviram algo? Olho para trás, no corredor não tem ninguém. Juro ter ouvido algo. Bem, mais fotos por aqui. O mesmo vovô agora vestido de Mulher-Maravilha em uma roda de samba. Vou deixar aqui e ir para o próximo quarto. Eita, aqui tá muito escuro, vamos para a cozinha. Local chique, olhem o tamanho dessa mesa, também há um balcão de boteco, geladeira para vinhos partida ao meio, um puta freezer com carne apodrecendo. Judiação... e que fedor. Estamos nos aproximando do local da matança. Pena que não conseguem sentir o cheiro, está insuportável. Se eu tivesse um pregador, prenderia o meu nariz com alegria. A piscina de plástico está destruída, parece um grande catarro esverdeado. Conseguem ver no chão? Sabem o que estas manchas pretas significam? É isso mesmo, sangue. E olhem quantas! Consigo achar um pedacinho e corpo? Um ossinho pelo menos? Os peritos não podem ser tão gulosos e não terem deixado nada para gente, não é? Brincadeira. Aqui não tem mais nada. Vou fazer uma gravação geral para terem uma ideia de como é o local, além do canteiro da obra malfadada por onde passaremos daqui uns minutos. Há uma região de gramados que segue pelos muros onde estão abandonados alguns itens de construção, consigo identificar umas pás, duas marretas. Quem aqui tem boas lembranças de marreta? Vou deixar um link para acessarem o vídeo do salvamento do Magno para servir de *flashback*. Voltando, temos uma varanda pequena com belo telhado sustentado por duas vigas no estilo romano cobrindo uma churrasqueira de tijolinhos, mesa de pedra para também servir de balcão. Pela quantidade de mesinhas de bar amassadas e jogadas, estava bem divertido no dia. Quer dizer, divertido até começarem os assassinatos, claro. Ok, hora de entrarmos na mente do assassino, ou pelo menos na sua casa. Pela parede destruída eu... uau... cheiro...nossa, galera. Mal consigo respirar. Caramba. Vou levantar a gola da camiseta para tapar o nariz e tentar suportar, não reparem na voz. Fede muito. Insuportável. Transformaram o local em um grande sanitário. Urina empesteou o local. Nossa, só de olhar minhas vistas ardem. Vou tentar seguir. Há mais paredes destruídas. Até agora sem sinal do velho, muito menos do seu animal, o cachorro louco. E se encontrarmos? Vamos sair correndo? Gritar? Muitas emoções, pessoal. Compartilhem este vídeo. Bem, conseguimos entrar pelos fundos, tem um quintal bom, mas abandonado com bastante grama queimada por tanta mijada e um tantão de terra deslocada. Parece que alguém andou cavoucando por aqui, não parece ser coisa de pedreiro. Vou me aproximar. Olhem só, há marcas de garras no chão e terra revolvida. Hum. Aí tem coisa. Vou tentar cavar. Se não tiver nada escondido, pelo menos crio um meme. O celular vai ficar aqui em cima desta carriola para vocês me verem. Não reparem na minha roupa, ok? Dia corrido, não imaginam o quanto. Peguei uma pá, acho que consigo cavar e ver o que tentaram esconder. Cavando, cavando. O treino de hoje já está pago. Não tem nada aqui. Um minuto. Galera, vocês não vão acreditar. Um malote de banco! Tem um monte de dinheiro aqui. Caramba! Ouviram algo? Vou pegar o celular de volta, parece um barulho. Barulho dentro da casa. Vamos juntos? Abandono a pá e sigo. O interior da casa possui alguns itens para construção. Na cozinha alguns poucos azulejos portugueses permanecem intactos e um fogão antigo empoeirado está inteiro. Armários e mesas parecem carcomidos, não por cupins, mas mordidos, quase mastigados. Algumas mantas enroladas formando um grande ninho na parede oposta, parece uma cama de cachorro improvisada. Será que é aqui onde o cachorro assassino dorme? E o velho, onde fica? Vamos mais para dentro. Estou ouvindo algo. Mais à frente, tem alguém aí. O brilho do celular está me denunciando, pessoal. Não posso fazer barulho.

Escorreguei em uma poça gosmenta, e o celular escapou deslizando pelo chão do corredor para os quartos. Meu tênis ficou sujo com umas bolinhas amarelas.

— Mas que bosta é isso? Ah, tremoço. Como alguém pode comer um treco ruim desses?

De um dos quartos surgiu uma figura magra e esbelta, era um homem moreno com poucos cabelos e a roupa ensanguentada.

— Psiu, acho bom você sair daqui.

— Quem é você, caralho?

— Sai daqui, depois eu te explico.

— Por que sua roupa está suja de sangue?

— Isso não importa. Sai daqui agora. — Ele pegou o meu celular, interrompeu a gravação e estendeu a mão para devolvê-lo. — Vamos, ninguém mais precisa se machucar.

— Não mesmo — capturei o celular e saquei o revólver da cintura — Você é o assassino da Vila Xavier, não é? Reconheci sua cara da foto no jornal.

— No jornal? Putz! Devem ter escolhido uma foto péssima, aposto.

— Está envolvido com o velho e o cachorro doido, é isso? Ou quer capturar e conseguir uma recompensa? Ou… ou algum é um *youtuber*? Ele é meu, só meu. Ele e o cachorro. Esse flagra é meu.

— Olha, abaixa essa arma. Ele era meu cliente do banco e…bem, é uma longa história fodida. Você não faz ideia no que está se metendo.

— Nem você, não sabe o que passei para conseguir este momento. Este é o meu momento. — Não consegui segurar as lágrimas — Não será você e nem ninguém que vai roubar o meu lugar e foder meu canal.

— Xi, você é daqueles pirados da internet? Oh, vamos fazer assim, saia daqui, depois de resolvido, deixo tudo para você. Que tal? Vamos lá, abaixe a arma. Vamos lá.

— Não se mova nem mais um milímetro.

— O lance é perigoso. Deixa comigo. Depois você vai poder gravar, fazer montagem, meme, *clickbait*, *podcast*, a merda que quiser. Só não me deixe nervoso, ok? Só quero ajudar.

— É uma ameaça? É isso?

— Você não vai entender. Qual é o seu nome?

— Lívia.

— Eu me chamo Francisco. Sei que nunca atirou antes, suas mãos não têm cheiro de pólvora. Seu corpo exala muitos aromas, perfumes, maquiagens, assim, nunca pegará o velhote desprevenido, isso anula seu efeito surpresa.

— Que papo é esse?

— Sou igual a ele. Vamos, me dê essa arma. Ou… ou fique do meu lado. Darei um jeito nisso e você pode filmar, que tal?

— Quer ser o protagonista? Quer todo o foco para você? Vai me roubar, não é? Vai, vai me deixar de escanteio. Flavirene vagabunda.

— Como é? Meu nome é Francisco.

Bang!

Um tiro seco bem no meio da testa do aproveitador encerrou suas ameaças. O corpo demorou para cair como se assimilasse o golpe antes de morrer.

Ainda me recuperando pelo impacto do recuo da arma, trouxe o celular à frente do corpo estendido para gravar a cara do morto e a auréola de sangue, como de um santo, crescendo no chão. Dia de sorte o meu, ótimo vídeo.

Um rosnado surgiu, e antes de localizá-lo, fui golpeada nas costas, sendo atirada em meio ao ninho de cobertas do outro lado da cozinha. Arrisquei me levantar, mas minha lombar pulsando de dor não permitiu. Tentei localizar o celular e a arma, cada um em um canto do local e no meio, me encarando, um cachorro enorme, uma versão selvagem de cachorro de madame capaz de transformar *Cujo* em um chaveiro.

— Calma, amigo. Sou sua amiga, cãozinho. Calma. — Não consegui disfarçar o nervoso. Se não alcançasse a arma a tempo, meu fim seria igual ao do povo chacinado. — Cãozinho bonito, bonito.

O bicho farejou e sua língua passou a entrar e sair de seu focinho bebendo o ar.

Caramba, onde estava o velho para segurar esse monstro? Eu poderia negociar com ele o pagamento por uma entrevista exclusiva. Enquanto pensava nas escassas alternativas de fugir, o cão mostrou o mar de dentes pronto para me engolir. Rosnava e tremia quando seu corpo passou a estalar. Ossos se quebravam, e o rosnado deu lugar à respiração ofegante. O focinho encolheu, as patas se esticaram perdendo massa e largura. Apoiou-se nas patas traseira e, assumindo a posição bípede, houve uma troca de pele rápida até o corpo selvagem se transformar no de um idoso humano pelado. Controlei-me ao máximo para não desmaiar estava diante de...

— Lobisomem!

— Não, um pinscher fodástico, neguinha.

Tentei me levantar mais uma vez, mas um potente soco na barriga me devolveu ao chão. Ele se aproximou, suas narinas se dilataram fungando.

— Qual o sabor da sua carne? Salgada, adocicada, azeda, amarga?

— Farejou mais um pouco e voltou-se para trás na direção do corpo do assassino. — Conseguiu dar cabo da bichinha do banco. Muito bom, muito bom. Ponto positivo para você.

— Eu só vim fazer umas imagens e nada mais. Gravação boba para a internet.

— Você está ovulando. Sabe o que uma velha pinscher me falou? — disse ficando de joelhos aos meus pés.

— Vai pra lá, não chega perto de mim.

— Um cão solitário não se mantém.

— Fica aí. Vou... vou te matar.

— Mate, vamos.

— Matar como fiz com sua filha, a Ma... Marina.

Por um momento ele parou espantado com um traço de humanidade em sua cara raivosa.

— Fiz a trouxa se matar.

— Isso é sério?

— Sai pra lá, vamos. Não estou brincando.

— Bem, me poupou serviço. Você não é pouca bosta. Eu pretendia suicidá-la como a rameira da mãe dela. — Com um gesto rápido rasgou minha camiseta. — Preciso de uma matilha. Não me obrigue a arrancar sua cabeça. Prometo não ser rápido.

FRANCISCO

    Acordei com a cabeça refrescante. Parecia uma balinha de menta e um copo de água gelada, ou a sensação gostosa de uma caneca de chope ao fim do dia banhando meu cérebro. Tomar um tiro na cabeça me pareceu uma forma interessante de desanuviar a mente e tirar porcarias do pensamento. O impacto da bala foi um pouco dolorido, ainda zunia em meus ouvidos, fora isso, foi um momento relaxante, uma soneca necessária diante de dias tão corridos e cansativos. Voltei a mim sendo puxado por gritos femininos. Aos meus pés, do outro lado do corredor, a garota que tentou me matar era agarrada por um sujeito.

— Domingos! — gritei.

O velhaco tirou a boca do seio da moça que, aos prantos, se afastou. Ele a deixou apenas vestindo uma calça jeans rasgada.

— Bichinha ressuscitou para me divertir?

— Todo aquele escândalo no banco para ter esse lixo de casa? Essa porcaria aos pedaços? Você se satisfaz com pouco.

— Vou rasgar o seu rabo

até sua

bocah.

— Pode vir,

estouh

pronto

para

pho

der

você.

LÍVIA

Nada tinha sentido. Como fui parar em um mundo bizarro com pessoas virando pinschers gigantes raivosos? Corpo doía. Pensamentos caóticos. Penso em me esconder em um canto da casa até isso acabar. Acabar como? Ou fugir, pedir socorro, mas me vejo presa pelas atenções ao duelo dos dois monstros. Dois monstros? Se não fosse pelo Francisco, coisa pior teria acontecido comigo.

Eles mal me veem possuídos pelo ódio um do outro. Um monstro cinza e outro com os pelos queimados. Reconheço este último do dia do incêndio.

Meus tímpanos quase explodem diante dos latidos agudos amalucados. Eles correm e lutam. Param, tremem e se engalfinham. A confusão de golpes os leva para fora da casa, transformando a área de lazer da chacina em um ringue de rinha.

Em pé, os pinschers revelavam seus dentes matadores em mais de uma fileira de serras pontiagudas cheias de baba. Um tentava pegar o pescoço do outro. Se afastavam, tremiam, golpeavam com suas longas e musculosas patas, tremiam novamente. Ódio e tremedeira.

A luta se desenvolvia em rodopios ferozes com jogadas de quadril para derrubar o oponente. Sangue, ganidos, cheiro de cachorro molhado e os terríveis latidos.

Engatinho para pegar a arma e a engatilho esperando uma oportunidade. São rápidos demais para arriscar atingir o errado ou chamar a atenção de volta para mim.

Domingos derrubou Francisco de barriga para cima e abocanhou sua pata dianteira esquerda. Ambos tremiam de ódio com a mordida. Os dentes afundaram na pele queimada, que rapidamente começa a sangrar, vi os músculos se rompendo e por último os ossos. Arrancada, a pata foi chacoalhada com fervor pelo monstro cinza como um brinquedinho novo.

Francisco retomou a postura, agora de três, se controlado para não cair. Aproveitei o momento em que estão afastados.

Bang!

O tiro passa longe, acertando a placa decorativa de boteco, "Temos álcool em comum", perto da churrasqueira, chamando a atenção de Domingos. O bicho jogou o membro mutilado e disparou na minha direção quando é interceptado pela investida de Francisco diretamente em seu pescoço.

Domingos girou com o adversário preso na sua carne. Francisco fechou os olhos canalizando forças naquela chance e não a largava de forma alguma, deixando o sangue verter em seu corpo, tingindo a pelagem queimada de um vermelho vivo sem fim.

Ainda girando, Domingos lançou o corpo grudado contra uma viga da área da churrasqueira. Bateu uma vez, mais outra e, na terceira pancada, a viga foi destruída, desmoronando o telhado sobre ambos.

Segui para o amontoado de telhas. Estou ainda mais dolorida. Arrepios constantes. A arma pesa a cada segundo, ainda assim, estou pronta para cravejar na cabeça de Domingos.

As telhas se remexem para de lá brotar o canalha em forma humana, ele se levantou zonzo pressionando o pescoço mordido, ainda assim sorriu e perguntou:

— Onde paramos?

Bang, bang, bang, bang!

Os projéteis foram para todos os lugares, menos pro seu corpo. Ele continuou a caminhar na minha direção sorrindo até uma marretada acabar com seus dentes.

Francisco abandonou a marreta avançando em cima do velho nocauteado, abocanhando novamente seu pescoço. Os dentes humanos não eram tão afiados, mas foram suficientes para rasgar a traqueia do sujeito. Veias estouravam, talhos de pele arremessados em um gorgolejar sinfônico e estranhamente agradável.

— Pare — ordenei.

Francisco me olhou, seu rosto ainda transitava entre as duas formas.

— Deixe um pouco para mim. — Capturei a marreta e a desci na cabeça de Domingos até seu crânio se confundir com o piso.

A cada marretada, uma risada de meu salvador, Francisco voltava de vez à forma humana.

— Ele tinha gosto de atum — riu.

Cheguei perto dele, estava ferido demais, sabíamos que não tinha muito o que fazer.

— Vou chamar uma ambulância, vai ficar tudo bem com você — menti.

— Não.

Não vai.

Phodeu.

— Como?

Seu sorriso murchou ao apontar para meu peito nu.

Em meu seio esquerdo, uma mordida.

Ao voltar as atenções para Francisco, encontrei um pinscher sem vida no meu colo.

EPÍLOGO

Mergulho de sonho em sonho
com Flavirene
e ainda acordo
nesta formah.

"Nossa, Scarlet querida. Vem cá ver. Olha a sua cachorrinha. A Bisteca brincando com a minha filhinha. Gracinha, vou postar umas fotinhos delas".

Treinoh meus sentidos
Ouço,
mas não me ouvem.

"Nossa, elas parecem conversar, Brigite. Criança tem sensibilidade, né? Mas não deixa a sua pequena chegar muito perto, lembra do carteiro? Falando nisso, hoje vou depositar a pensão vitalícia do mês".

Rebatizada,
condenada a viver
com pessoas escabrosas
em um ódio eterno.

"Foi muita sorte terem encontrado ela vagando pela rua. Parece tão mansinha por trás deste cercado. Minha filha está adorando, está batendo palminhas. Não é fácil encontrar um cão de raça sem dono tão fácil assim. Qual é a raça dela?"

Criançah besta
me fez perder tempo
nunca me entende.

"É uma pinscher, Brigite".

Tire a mão da minha grade
não ouse,
Criançah.

"Cruzes, mas desse tamanho?"
"Parece ser um pinscher selvagem de alguma tribo indígena ainda não dizimada, ou algo assim. Pedigree diferenciado, querida".
"Nossa, arrasou"

Tire.
Afaste-se.
Eu aviseih.

"Scarlet do céu, sua cachorra mordeu minha filha!"

Bem-vinda
à
matilhah.